KB179917

나
는

당신이 보지 못하는 것을
보는 사람입니다

나
는

당신이 보지 못하는 것을
보는 사람입니다

우카 에세이

MAL
LANG

나는 무속인입니다.

대학에서는 미술을 전공했고,

꽤 오래 의류 사업을 했습니다.

누구보다 열심히 일했습니다.

사실 아주 어릴 적부터

내가 무속인이 될 거란 사실을 알고 있었습니다만,

열심히 살면 나에게 주어진 운명을 바꿀 수 있을 거라 믿었습니다.

하지만 그 운명은 점점 더 가까이 내게 다가왔고,

그걸 거부하지 못하게 되었을 때는

수개월 동안을 폐인처럼 지내기도 했습니다.

강화도에 있는 굿당에서 내림굿 의식을 마쳤을 때는

세상과 단절된 기분이었습니다.

신내림 후,

나는 변해버린 삶에 도저히 적응할 수가 없었습니다.

누군가 손짓만 해도 그게 나를 향해 손가락질하는 것처럼 느껴져서

대인기피증에 걸리고 말았습니다.

혼자 숨어 지내던 날이 많아서인지,

여전히 처음 마주하는 사람을 만날 때면 긴장이 됩니다.

날 뭐라고 소개해야 할지, 여전히 어렵습니다.

신의 제자로서 살면서

누군가에게 욕먹고 손가락질받을 일 한 적 없었다고 자부합니다.

내림굿을 받으며 부모님과도, 꽤 많은 친구와도 인연이 끊어졌습니다.

그래서 지금은

사랑하는 사람들과의 인연을 더욱 소중히 생각하며 살고 있습니다.

상담하고 기도하는 시간 외에는

요리도 하고 책도 보고, 좋은 사람들과 즐겁게 지냅니다.

이제는 직업 때문에 기죽어 살지 않습니다.

이 직업이 자랑할 일은 아니지만, 숨어서 살 일도 아니란 걸 압니다.

작두 위에서 춤추고 사는 내 인생을 원망도 많이 했습니다만,

지금부터는 이런 나를 더 아껴주고 더 사랑하고 싶습니다.

다시는 스스로를 인정하지 못하고 숨어 사는 치졸한 인간으로,

마음 졸이며 사는 반쪽짜리 인생으로 살고 싶지 않습니다.

프롤로그

내 발이 구름 위로 사뿐 올라섰다. 그 걸음을 따라 몸은 하늘로 솟았다가 땅으로 내려왔다. 발이 닿는 모든 곳에 북소리가 가득했고, 나는 그 장단에 맞춰 춤을 추었다. 무복은 바람이 되어 휘날렸고 내 손의 부채 방울은 세상의 음악이 되었다.

그 순간, 나는 과거가 없는 사람이었고, 여기에도 없는 사람이었다. 나를 이루고 있는 것은 아무것도 없었다.

시간이 얼마나 지났을까. 어떤 존재가 내 몸을 잡아당겼다. 그제야 내 온몸이 사시나무처럼 떨리고 있고, 내가 무아지경에 빠져 있었다는 걸 알았다. 나를 당긴 손은 내 몸을 물항아리 위에 올려 세웠다. 그 순간 내 눈에서는 눈물이 터졌고, 입에서는 무언가 소리가 나오기 시작했다.

"천존신령님이 오셨다."

나는 그분을 맞이해야 하는 사람이었다. 천존(하늘)에서 내리는 신명(신의 이름)을 목이 터져라 호명해야 하는 사람이었다. 그를 부르며 방울을 흔드느라 왼손의 핏줄이 다 터질지라도, 모든 것을 받아들여야만 하는 사람이었다.

신내림을 받은 건 내가 서른세 살 때였다. 11월 어느 차가운 날이었다.

강화도의 굿당으로 가기 위해 승합차에 올랐다. 내 무릎 위에는 한복이 올려져 있었다. 하지만 느껴지는 무게는 의복만의 것이 아니었다. 막연한 두려움, 공포감 그리고 이유 모를 안도감과 뭐라 표현할 수 없는 여러 감정이 겹겹이 쌓여 나를 짓누르고 있었다. 할 수만 있다면 어디든 도망가고 싶었다.

출발한 지 10분도 되지 않아 구토가 밀려왔다. 차를 세우고 밖으로 나왔으나 내 발은 제대로 서 있기조차 거부했다. 세상의 모든 것이 나를 밀어내고 있었다. 함께 차에 타고 있던 분들의 도움으로 간신히 다시 일어서 차에 올라탔지만, 객지 생활 8년 만에 신병이라는 힘에 눌려 주저앉아버린 서른세 살 청년의 억울한 마음은 누구도 일으켜 세우지 못했다.

승합차에는 비슷한 표정과 비슷한 머리를 한 무속인 다섯 명이 함께 타고 있었다. 그들은 어젯밤에 본 드라마 이야기로 열을 올리고 있었다. 나는 숨이 막혀 죽을 것 같은 이 순간에, 그들이 한다는 건 고작 드라마 이야기라니. 욕이라도 퍼부으면 마음이 풀릴 것 같았지만 그럴 기운조차 없었다. 일어나야 한다. 다시 숨을 쉬어야 한다. 망가진 내 인생의 억울한 마음을 풀려면 우선은 살아야 한다. 나에게 남은 마지막 방법은 이것뿐이었다. 신내림. 어떻게 보면 나는 끌려가는 게 아니라, 원해서 스스로 찾아가고 있는 것이었다. '스스로'라는 말은 티끌만큼의 위안을 줄 뿐이었지만 그 당시의 나는 그것이라도 잡아야 했다.

내가 탄 승합차는 어느새 강화도에 들어섰다. 드라마 이야기에 빠져 있던 무속인 중 한 분은 이제 시간이 되었다는 듯, 나를 향해 돌아앉았다.

"아이고. 불쌍해서 어쩌누. 아직 하고 싶은 게 많은 나이일 텐데. 그래도 받아들여야지 어쩌겠나. 오늘은 자네의 새로운 생일일세."

처음 보는 사람의 그런 말은 내게 위로가 되지 않았다. 내림굿을 받기로 결정하기까지 2년을 버텨냈는데, 그것도 모자라 앞으로의 내 앞날은 더 어두울 거라는 예언처럼 들렸다. 나는 점점 더 초라해졌고 참담해졌다. 내 마음이 이런데 고작 한다는 말이 새로운 생일이라니. 가족도, 친구도, 누구도 함께하지 못하는 이런 생일이 어디에 있다고.

그 순간까지도 나는 이 모든 것이 의심스러웠다. 진짜 신이 있긴 한 건지, 내가 원인 모르게 아프다는 걸 알고 이들이 사기를 치고 있는 건 아닌지.

한편으로는 신이 있기를 바랐다. 수년간 매일 밤 꿈과 현실을 가리지 않고 내 앞에 나타나 음성을 들려줬던 존재들이 진짜라면, 그들에게 간절히 빌고 싶었다. 물 한 모금 마시는 것조차 허락하지 않아서 나를 낙엽처럼 말려버렸던 그들에게 매달리고 싶었다. 제발 살려달라고. 살고 싶다고.

우리는 곧 강화도 어느 낮은 산 아래에 위치한 허름한 굿당에 도착했다. 잔뜩 차려져 있는 음식들, 다섯 마리의 큰 돼지들, 기다란 오색 천. 그곳의 모든 장면이 너무나도 낯설어 잠깐 머뭇거렸던 것도 같다. 차에서 내리자마자 내 의식이 사라지는 기분이 들기 시작했기 때문에 지금도 그때가 명확히 기억나지는 않는다. 내가 살아온 날들이 사라지는 것 같았다. 내가 누구인지조차 명확하지 않았다. 간신히 내 이름 세 글자는 붙잡고 있었지만, 의식은 정지된 것 같았다.

나의 상태 따위는 아랑곳하지 않겠다는 듯, 이내 굿이 시작되었다. 어떻게든 정신을 차리려 했지만, 이 모든 것이 나의 의지와는 상관없는 일이었다. 내가 유일하게 기억할 수 있는 건 하얀 버선을 신은 내 발이 무척이나 가벼웠다는 것

뿐이다. 그리고 몸이 하늘 위로 올라가는 듯했다는 것뿐. 무복을 입고 부채 방울을 든 나는 덩실덩실 춤을 추었고 신의 이름을 목이 터져라 불러댔다. 어떤 존재가 나를 잡아당기기 전까지는.

무의식의 상태에서 열두 시간이나 이어진 내림굿이 끝나자 북소리도 멈추었다. 굿당에 모인 사람들은 차려진 음식과 무구들을 치우기 시작했다. 하지만 내 눈엔 아직 끝난 게 아니었다. 밤이 깊은 시간이었지만, 하늘은 온통 하얬고 한 갈래의 길이 하늘을 열고 있었다. 여러 색의 오묘한 형상들이 하늘을 채우고 있었고, 그 길 너머 어디에선가 어떤 존재의 음성이 끊임없이 들려오고 있었다. 그리고 한순간, 묘한 소리와 함께 신의 형상이 나타났다. 그 존재를 바라보던 나는 그 자리에서 그대로 쓰러지고 말았다.

나는 그렇게 강신무가 되었다. 일명 무당이라고 불리는 강신무는 신의 심부름꾼인 셈이다.

신내림은 평범한 세속의 인간이 신이라는 존재의 형상을 알아차리고 받아들이는 과정이다. 그를 통해 그 전의 자신과는 완전히 다른, 또 하나의 자신이 되어야 한다.

나는 그날, 내림굿을 통해 현실에 살던 나를 저 깊은 곳에 가두어야만 했다.

　강신무라는 이름은 나를 살게 했으나, 이전의 나로 돌아가
지는 못하게 했다.

차례

오늘도
감지덕지한 하루

좋은 생각 하는 날이
행복하기 딱 좋은 날

신은
당신 앞에 앉아 있는 사람 눈빛에 있다

한 줄 요약은
어려운 인생 레시피

내가 가진 웃음보다 더 행복하게 해달라 하지 않겠습니다.

내가 가진 작은 지식보다 더 현명한 사람이 되게 해달라 하지 않겠습니다.

내가 가진 헛된 꿈 이루게 해달라 하지 않겠습니다.

다만, 내가 가진 것에 대해서는 당당할 수 있게 힘을 주세요.

타인에게 위축되지 않게 지혜를 주세요.

내가 사랑하는 사람들이 나로 인해 난처해지지 않게 해주세요.

내가 가진 모든 것들에 감사할 줄 아는 인간으로 살아가게 해주세요.

나와 상관없는 아무 일에나 참견하는 것은 막아주시고,

내 사람이 곤경에 처했을 때 두 팔 걷고 나서는 사람 정도만 되게 해주세요.

나는
당신의 안녕을 바라는

강신무다

I

모든 순간이 완벽한 꽃이다

전안법당(무속인 개개인이 모시는 신당)에서 기도를 마친 어느 날 이른 아침, 4월의 남산을 만끽하고 싶어 집의 옥상으로 올라 갔다. 내가 서울에서 살던 한남동은 봄과 가을이 유난히 예 뻤다. 남산 한가득 피어난 봄꽃을 보고 있으면, 여기가 서울 인지 어느 한적한 시골 마을인지 구분이 어려울 정도였다. 벚나무나 배나무는 꽃잎이 만개하였을 때, 장미는 활짝 핀 꽃과 꽃봉오리가 적절히 섞여 있을 때, 목련은 꽃이 피기 직 전의 아기 주먹만 한 꽃봉오리일 때 절정의 아름다움을 선사 했다.

　이렇듯, 모두의 기억 속에는 아름다움의 절정인 순간의 꽃 만 각인되어 있을 것이다. 나도 다르지 않았다. 하지만 그해 봄에 만난 한 손님은 꽃에도, 우리의 삶에도 아름다운 기간 이 따로 있지 않다는 걸 알게 해주었다.

그분은 아주 멋진 노신사였다. 가지런히 빗어 넘긴 흰머리, 붉은색 체크 셔츠, 그 위에 입은 상아색 니트와 카키색 카디건이 돋보였다. 내게 인사를 건네는 그의 목소리는 차분하고 정갈했으며, 얼굴에 드리운 옅은 미소는 참으로 여유로워 보였다.

여느 때와 마찬가지로 상담을 위해 생년월일시를 적는 순간, 나는 어디에서부터 말을 이어나가야 할지 멈칫할 수밖에 없었다. 내 머뭇거림을 눈치채신 그분은 아무래도 자신이 먼저 이야기해야 할 것 같다며 말문을 열었다.

"선생님, 혹시 나의 수명을 알 수 있나요? 그러니까 내가 살 수 있는 날이 얼마나 남았는지가 궁금합니다."

나는 애써 담담하게 무속인이 함부로 점을 치지 말아야 하는 것 중 하나가 사람이 언제 죽는지 그 날짜를 뽑는 것이라고 대답했고, 언제 죽을지 모르니 하루하루 즐겁게 살아가는 게 최선 아니겠냐고 덧붙였다.

"사실 3일 전에 병원에서 내게 남은 날이 많지 않다는 이야기를 들었습니다. 그나마 다행히 아직은 통증이 없어서 제 두 발로 이렇게 걸어 다니고는 있습니다만, 의사 말에 의하면 당장 내일 죽는다고 해도 이상하지 않은 상태더라고요. 제 몸이 기능을 다한 모양이니, 요양원에 들어가면 아마도 살아 나오지는 못하겠지요. 요양원에 가기 전에 몇 가지 꼭 하고 싶은 게 있어서 선생님께 의논드리려고 찾아온 겁니다. 아내와 함께 남쪽에 있는 제 고향에 가서 며칠 묵은 후에 일본으로 건너가 만개한 벚꽃을 둘러보고 오고 싶은데…… 의사는 말렸습니다만, 선생님 생각은 어떠신가요?"

그 순간, 이 노신사에게 필요한 건 차가운 머리가 아니라 공감해주는 뜨거운 가슴일 거라는 생각이 들었다. 그분에 대해 내가 대체 무슨 점을 칠 수 있겠는가. 마지막이 될지도 모르는 4월의 꽃구경을 걱정 없이 하시게끔 응원하는 것이 내가 할 수 있는 최선이었다.

사람은 결국 살아생전 가장 좋아했던 노래 한 소절과 사랑하는 사람이 전해준 "사랑해"라는 한마디만을 가슴에 품고 떠난다. 모두가 그렇다. 그 노신사는 거기에 아름다운 벚꽃 향기까지 품고 싶어 한 것이다. 나는 그분께 올해뿐 아니라 내년에도 벚꽃 구경을 하실 거라며, 즐거운 마음으로 다녀오시라고 말씀드렸다. 그러고 나서 차 한잔을 대접하고 싶으니 옥상으로 올라가서 남산 꽃구경을 하자고 제안했다. 그분은 흔쾌히 응하셨고, 천천히 차를 드신 후에는 처음 현관문을 열고 들어올 때와 같은 편안한 얼굴로 "감사합니다. 덕분에 꽃구경 잘 하고 갑니다"라고 말하며 문을 나섰다.

그분의 뒷모습을 보며 당신이 겪은 모든 세월의 마디마디가 아름다웠을 거라고 속삭였다. 모진 풍파도 있었겠지만 그걸 겪어내고 지금까지 걸어오며 소중한 하루하루를 지냈을 것이다. 그렇기에 우리 삶은 태어나 죽는 그 순간까지가 전부 아름답다. 꽃 역시 그러하다. 봉오리를 틔우는 순간부터 따사로운 바람에 마지막 한 잎이 날아가는 순간까지, 모든 순간이 완벽한 꽃이다. 그 너무나 당연한 사실을 올봄, 나를 찾아온 노신사 덕에 알게 되었다.

혹시 지금, 당신 주변의 누군가가 인생의 종착지를 향해 가고 있다면 그들이 원하는 것들을 그저 존중해주기를 바란다. 그 무엇도 '왜?' 하고 따져 묻거나 의견을 덧붙이지 말기를 바란다. 그들은 자신만의 방식으로 인생의 마지막을 정리하고 있는 것이다. 그들은 절대 외롭게 마지막을 보내는 이들이 아니다. 그러니 가엾이 여기거나 안타까워하거나 불쌍해하지도 말아야 한다. 사랑하는 사람과, 사랑하는 세상과 헤어질 준비를 하는 모습은 고귀하다. 신이 허락한 삶의 시간을 힘겹게 이겨온 완벽하게 아름다운 그들이다. 마지막에 우리가 할 수 있는 것이라곤 손을 잡아주고 한 번 더 사랑한다고 말해주는 게 전부일 것이다.

거짓을 말하는 무속인

손님들과 상담을 하다 보면, 뜻하지 않게 거짓말을 할 때가 있다. 무속인이 상담 중 거짓말을 한다는 것이 언뜻 이해가 되진 않겠지만, '하얀 거짓말', '꿈보다 해몽' 같은 말을 떠올려주길 바란다. '꿈보다 해몽'이라는 말은 사실보다 해석이 더 중요함을 비유적으로 일컫는 말이다. 아무리 꿈자리가 사나워도 그걸 좋게 해석하면 하루에 자신감이 생기고, 어떤 어려움도 극복할 수 있는 에너지를 얻게 된다. 이렇듯, 마음에서 시작되는 희망은 하루를, 인생을 바꾼다.

우리 일상 속에는 희망을 주는 말들이 많다. '욕먹으면 오래 산다.' 우리가 웃으며 농담처럼 하는 이 말 속에도 그런 뜻이 담겨 있다. 욕먹는다고 오래 살 일이 있겠는가. 욕먹은 사람은 기분이 나쁘겠지만, 주변에서 너 오래 살겠다고 농담을 해주면 마음이 조금은 풀릴 것이다. '비 오는 날 이사하면 부자가 된다'라는 속설도 마찬가지다. 궂은 날씨에 짐을 옮기느라 불편했을 텐데, 새롭게 시작하는 첫날이니 더욱 힘내라는 의미일 것이다. 젊은 사람이 세상을 뜨면 '신이 너무 예뻐해서 천사가 되라고 빨리 데려간 거다'라는 말을 하는데, 이렇게 생각하면 남은 가족은 조금이나마 위로가 될 것이다. 아침 일찍 영구차를 보면 기분이 찝찝할까 봐 옛 어른들은 '아침에 보는 장례식 차는 그날의 근심 걱정을 걷어 간다'라고 했을 테고, 결혼식 날 눈이 오면 신랑 신부도 하객들도 불편할까 봐 '눈 오는 날 결혼하면 행복하게 산다'라는 말을 만들어 신혼부부의 행복을 빌었을 것이다.

이런 속설과 속담을 통틀어 내가 제일 좋아하는 말은 '미운 아이 떡 하나 더 준다'라는 표현이다. 이 말에는 누군가를 향한 부정적인 마음을 나의 상냥함으로 덮을 수 있다는 뜻이 담겨 있다. 말 자체에 따뜻함이 배어 있어서, 종종 상대를 향한 안 좋은 마음이 떠오를 때마다 이 속담을 떠올리곤 한다.

예로부터 전해온 이런 희망의 메시지들처럼, 일상생활에서 생기는 여러 문제에 대해 있는 그대로 지적하거나 충고하기보다 하얀 거짓말을 하는 게 때로는 더 도움이 된다. 나를 찾아오는 거의 모든 사람은 인생의 답을 찾고 싶어 한다. 나와의 상담이 끝나면 더 나은 방법을 찾을 수 있을 거라고 막연하게 기대한다. 그런데 사실, 아무리 상담을 해도 좋지 않은 사주가 좋게 바뀌지는 않는다. 앞날에 딱히 빛이 보이지 않는 경우가 분명 있다. 그럴 때 나의 거짓말은 시작된다.

어느 날, 한 학생이 나를 찾아왔다. 대학교에 떨어진 것만 여섯 번. 그는 일곱 번째 수능시험을 앞두고 있었다. 상담을 시작하기 전부터 그는 고개를 떨구고 눈물을 흘렸다. 답답한 현실에 이미 낙담해 있었고, 자신감 따위는 하나도 없는 모습이었다. 일곱 번째 수능에도 크게 기대를 하고 있지 않았으며, 이번 생은 틀렸다는 말도 했다. 아무에게도 인정받지 못할 거라는 생각과 모두가 자신을 무시한다는 피해의식이 그를 짓누르고 있었다. 대학 입학이 행복한 인생을 보장해주지 않는다는 뻔한 조언은 그 상담자에게 아무런 도움이 되지 못할 것이었다. 또한, 안타깝지만 이번에도 그는 대학 입학을 하지 못할 것으로 점쳐졌다.

이런 상황에서 상담자에게 솔직히 말하는 게 정말 최선일까? 내가 본 그의 현재와 미래에 대해 사실대로 말하는 대신, 나는 하얀 거짓말을 하는 편을 택했다.

"이번에는 합격하겠는데? 그런데 아주 아슬아슬해. 그러니 무조건 열심히 해야 해. 지금부터 미친 듯이 공부만 해야 간신히 붙어. 밥 먹는 시간도 줄이고, 화장실 가는 시간도 줄이고, 공부에만 매진해야 해."

긴 시간 동안 깊은 상처를 안고 산 사람의 마음에는 현실적 조언이 그다지 와닿지 않는다. 그런데도 쓴소리를 들어야 정신 차린다며 그들에게 충고와 조언을 가장한 비판을 서슴지 않는 사람들이 있다. 그건 그들의 무너진 자존감을 방치하고 용기마저 빼앗는 것이다.

혹시 모르는 기적이란, 응원의 말 한마디에서 온다고 믿는다. 꽤 낡은 방식의 위로처럼 보이겠지만, 그 안에 담긴 진심은 해질 수 없다고 생각한다. 말 한마디로 인해 잃어버렸던 자신감을 조금이나마 되찾고 그걸 바탕으로 노력할 때 사주가 바뀌고 기적이 만들어지는 건 아닐까.

나는 가끔 거짓말도 한마디 못 하고 정말 사실 그대로만 전달하는 본업에 충실한 무속인이 될지, 아니면 가끔은 거짓말을 하며 상담자의 자신감을 꺼내주는 무속인이 되어야 할지 생각한다. 만약 내가 온갖 앞날을 꿰뚫어 본다 해도 앞에 있는 사람의 작은 두 귀에 좀 더 나은 미래를 들려주지 못한다면 내 직업이 가치가 있는 걸까 고민한다. 그러다 보면, 결국 약간의 거짓말을 택하고 만다. 하루하루를 전쟁같이 사는 사람들에게 삶은 이미 충분히 고통스럽고 험난하다. 그들에게는 송곳처럼 뾰족한 지적이나 조언 따위가 필요한 것이 아니다. 이 칠흑 같은 세상 속에서 당신만 굳건하다면 괜찮다고, 잘해왔다고, 잘할 거라고 나는 말해줘야 한다.

만약 주변에 거친 날들을 보내고 있는 사람이 있다면, 그냥 뜬금 없이 응원의 문자 한 통을 보내주기 바란다. 당신의 안녕을 바라는 사람이 있다고, 너는 잘하고 있다고, 그 말 한마디가 기적을 부를지도 모르는 일이다.

생각이 바꾸는 미래

우리는 살아가면서 누구와 가장 많은 대화를 나눌까? 그 대상은 바로 나 자신일 것이다. 끊임없이 이런저런 생각을 한다는 것은 내가 나와 대화를 나누는 것이다. 이 대화는 혼자 하는 것이기에 천 리를 갈 것 같지도 않고 쥐나 새가 들을 것 같지도 않다. 내가 입 밖으로 꺼내지 않으면 아무도 알 수 없기에 은밀하다. 하지만 이런 생각들도 쌓이다 보면 결국 표정으로 드러나 다른 사람이 알 수 있게 된다.

표정부터 밝고 건강해 보이는 사람과 대화를 나누다 보면, 그의 생각도 긍정적임을 알 수 있다. 반면, 늘 굳은 표정으로 있는 사람과 대화하다 보면 그들 대부분은 부정적인 생각을 지니고 있다.

생각에는 소리가 전혀 없지만, 그 파동은 무엇보다 강력해서 결국 한 사람의 삶 한 부분을 만들어낸다. 우리는 간혹

"왠지 저 사람은 이유 없이 좋아" 혹은 "왠지 저 사람은 이유 없이 싫어"라는 말을 하게 되는데, 단지 첫인상이 아니라 몇 번을 봤는데도 느낌이 그러하다면 그건 이유가 없는 게 아닐 수도 있다. 평상시 상대의 생각이 긍정적이냐, 부정적이냐에 따라 전달되는 파동의 힘 때문일 가능성도 있다.

마음에 여유가 있고 생각이 올바른 사람은 표정에서부터 좋은 에너지가 발산되기 마련이다. 그렇다면 부정적인 사람은 어떨까. 얄궂게도 우리에게는 부정적인 생각에 더 귀를 기울이게 되는 본능이 있다. 억지로라도 긍정적인 생각을 하려고 노력하지 않는다면, 나도 모르는 사이에 생각은 부정적이고 어두운 곳으로 빠져든다. 부정적인 생각에 사로잡힌 사람들의 특징은 습관적으로 남을 의심하고 시기하고 질투하기 바빠서 자기 마음에 좋은 에너지를 심을 여유가 없다는 것이다. 그러다 보니 성급하게 혼자 결론을 내리는 일이 잦다. 자기를 합리화하면서 나름의 결론들을 만들고 그게 정의인 양 착각한 채, 다른 사람과 대화하고 행동한다. 그들의 말은 마치 악보 없는 무작위 연주 같아서 듣는 사람들의 귀를 괴롭힌다. 결국, 누구에게도 환영받지 못하는 사람이 되어 주변으로부터 소외당하고, 그로 인해 더 안 좋은 생각을 하는 악순환에 빠진다. 인간관계에서의 갈등은 10퍼센트가 의견 차이에서 오고, 나머지 90퍼센트는 적절하지 못한 말과 행동에서 온다는 심리학 통계가 있다. 이처럼 안 좋은 생각은 비뚤어진 행동으로 이어져 결국 인간관계마저 망가트리는 주범이 된다.

생각이란 나 혼자 하는 것인 만큼 무척 단조로울 수도, 복잡할 수도 있다. 진실과 상관없이 자기가 해석하고 싶은 대로 결론 낼 수도 있다. 내가 질문하고 내가 대답하는 생각의 구조는 상황을 객관적으로 보기보다 주관적이고 감정적으로 보게 만든다. 그렇기에 자칫 잘못하다가는 주변을 보지 못하고 오로지 자신의 모든 것을 합리화하고 포장하는 데 급급해질 수 있다. 하지만 긍정적으로 생각하려고 노력하다 보면 상황은 바뀐다. 과거를 반성하고 새로운 시각으로 미래를 그릴 수 있게 된다.

무심결에 하는 생각을 통해, 우리는 삶의 긍정 구간과 부정 구간 중 어디로 들어설지 결정하게 된다. 어느 길로 가느냐에 따라, 우리는 거기에 걸맞은 사람으로 변해간다. 사랑과 증오, 존중과 무시, 믿음과 의심, 도전과 포기, 양보와 욕심, 관심과 무관심, 이해와 오해 등, 매 순간 우리는 어떤 생각을 할지 선택하며 자신이 결정한 삶의 구간으로 들어선다. 그리고 이로 인해 삶의 모습은 바뀐다.

어떤 사람이 되고 싶은가. 이유 없이 좋은 사람이 되고 싶은가, 아니면 이유 없이 싫은 사람이 될 텐가. 우리는 스스로가 원하는 모습이 될 수 있다. 지금 당신이 어떤 생각을 하고 있느냐, 삶의 어떤 구간을 선택하느냐에 따라 우리의 모습은 각자가 정한 방향으로 계속 진화할 것이다.

운을 배달하다

운이란 참으로 신비하다. 사주, 관상, 손금, 심지어 걸음걸이나 앉는 자세에도 모두 운이 들어 있다.

여러 사람을 만나 그들의 삶을 들여다보면 운이 좋은 사람과 운이 나쁜 사람은 삶의 모습부터 확연히 다르다. 운이 좋은 사람들에게는 여러 공통점이 있다. 그중 가장 확실한 것은, 그들의 주변에는 훌륭한 사람이 많다는 것이다. 그들의 곁에는 인품을 갖춘 귀인들과 긍정적인 마음을 지닌 사람들이 끊이지 않는다. 반대로 운이 좋지 않은 사람의 주변에는 덕망 있는 사람들이 적고 이기적이고 부정적이며 시기하거나 질투하는 사람들이 많다.

운을 주유소에 있는 휘발유라고 가정해보자. 주유소에 휘발유가 가득 차 있어도 그것을 차에다 옮길 수 있는 주유기가 없다면, 내 눈앞의 기름은 다 무용하다. 혹 어렵게 담아본다 해도, 많은 양의 휘발유가 땅에 떨어져 증발할 것이다.

운은 하늘에서 그냥 떨어지는 것이 아니다. 대운이 있다한들, 그것을 자신에게 옮겨줄 주유기 같은 존재가 꼭 필요하다. 사람에게 주유기란 바로 주변 사람이다. 신기하게도 운이란 것은 대부분 다른 사람들의 직간접적 도움을 통해 우리에게 다가온다. 우리가 살아가며 혼자 이룬 성공이 있었는지 생각해보자. 아마 아무리 작은 일도 혼자 해낸 것은 없을 것이다. 이것은 불변의 사회구조이기도 하다. 아무리 잘난 사람이라고 하더라도 혼자서 모든 것을 해낼 수는 없다. 어떤 누구의 아주 미미한 도움이라도 받게 된다. 우연히 다가오는 것처럼 보이는 그 무엇도 우연이 아니라 인간관계의 연속성에서 나타나는 것이다. 내 운은 분명 나의 것이지만, 그것은 주변의 좋은 사람들과 좋은 관계를 이어나갈 때 다양한 크기의 행운이 되어 돌아오기 마련이다.

무속에서는 자신이 가진 운만큼이나 중요한 것이 귀인을 만나 그와 상생의 인연법에 따라 살아가는 것이라고 말한다. 주변 사람들이 각자의 사회적 위치에서 친밀하게 끌어주고 밀어주고 도와준다면, 흔히 성공이라 말하는 것들이 더 빨리 찾아오기도 한다. 그렇기에 좋은 사람을 곁에 두는 것은 매우 중요하다. 그렇다면 어떻게 해야 그런 사람을 만날 수 있을까. 이에 대한 답은 아주 간단하다. 좋은 사람을 만나고 싶다면 내가 먼저 주변에 도움을 주는 사람이 되면 된다. 나부터 좋은 사람이 되면 된다. 훌륭한 인격을 갖춘 사람의 주변에는 비슷한 사람들이 모인다.

그렇다고 좋은 사람을 곁에 두고 무작정 의지하고 의존하라는 것은 아니다. 인생의 모든 순간은 나 스스로 결정하는 것이고, 삶의 지휘자는 자신이 되어야 한다. 내가 주인공인 삶에서 주변의 좋은 사람들과 조화롭게 살아야 한다.

인간은 절대 혼자 살아갈 수 없다. 아무리 잘난 사람이라 해도 혼자서는 살아갈 수 없다. 우리는 무심히 지나가는 일상의 인간관계 속에서 끊임없이 운을 배달하는 배달원이자, 누군가로부터 운을 받기도 하는 수취인이다. 그러니 오늘은 주변을 한번 돌아보자. 내가 하는 생각, 말, 행동을 돌이켜보자. 그것들이 나의 운명을 결정짓고 내 주변의 인간관계를 만든다. 운을 허락하는 것은 하늘이지만, 그 운을 움직이는 것은 결국 자신이다.

꽃이 되기로 했다

무속인이 되기 전, 나는 사업가였다. 스물여섯 살이란 어린 나이에 시작한 사업이 잘 풀려서 남부럽지 않을 만큼 꽤 근사하게 살았다. 많은 돈을 벌었고, 주변에 친구라 할 만한 사람도 많았다. 그때의 나는 그 꿈같은 봄날이 영원토록 지속될 줄 알았다.

신내림을 받기 직전, 내 곁에는 아무것도 남아 있지 않았다. 그 많던 친구와 지인, 가족, 돈까지도 남은 게 거의 없었다. 나는 처참하게 외로웠다. 무속인으로 살아야 한다는 것이 현실로 다가올수록 내 주변 상황은 초라해졌다.

신내림을 받은 후에는 점쟁이가 되었다는 수치심이 가슴을 옥죄었고, 수많은 사념이 나를 숨게 했다. 이런 감정은 또 다른 부정적인 생각을 불러왔다. 매사에 경직되고 예민해진 나는 법당 향냄새가 건물 복도로 새어 나가지 않게 하려고 깊은 밤이 되어서야 창문을 열고 환기를 시켰다. 한겨울에는 밤공기가 어찌나 찬지, 한숨을 내쉬면 뿌연 입김이 내 몸을 다 감싸는 느낌이었다. 나는 그 한숨 속으로 점점 더 깊이 침잠했다.

이듬해 봄이 왔을 때다. 그때까지 바깥출입을 전혀 하지 않던 나는 창가에 스며든 봄 햇살이 반가워 아주 천천히 법당 창문을 열었다. 봄이었고 따스했다. 지나가는 사람과 눈을 마주치지 않기 위해 노력했지만, 사람들의 화사한 옷과 웃음소리에 나도 모르게 시선이 갔다. 오랜만에 보는 바깥 모습에 잠시나마 평범한 그때로 돌아간 것 같아 멍하니 창밖을 보며 웃기도 했다. 하지만 그 시간도 나에게는 길게 주어지지 않았다.

갑자기 어디선가 짜증 가득한 욕설이 들려왔다. 흠칫하는 마음에 아쉬운 봄 햇살을 뒤로한 채 서둘러 창문을 닫았지만, 아까보다 더 거친 욕이 법당 안으로 들어왔다.

"근본도 없는 정신병자가 이 건물에 들어와서 무당 짓을 하니 재수가 없지. 그냥 뒈지기나 할 것이지, 왜 저러고 사는지. 이불 빨래해서 베란다 난간에 널어뒀는데, 위층 무당 놈이 밖으로 물을 뿌려서 다시 다 젖었다고. 저런 천박한 인간들은 그냥 죽어야지. 하긴, 저런 놈은 들어갈 묘도 아깝지. 개한테나 던져버리는 게 낫지."

난생처음 들어보는 욕설은 온전히 나를 향하고 있었다. 너무 당황스러웠지만, 침착하게 대응하기로 했다. 혹시 다른 층의 베란다에서 물을 사용한 건 아닌지 확인해보기로 하고, 건물의 맨 위인 6층 집으로 갔다. 그 집에 살고 계신 할머니께 여쭤보니, 봄볕이 너무 좋아서 난간에 있는 화분에 물을 주셨다는 걸 확인할 수 있었다. 그 순간, 마음속에서 분노가 치밀어 올랐다. 다시는 이렇게 근거 없는 멸시를 당하고 싶지 않았다. 그날 나는 봄 햇살을 뒤로한 채, 집 안의 모든 창문을 다시 꽁꽁 잠가버렸다. 계절은 지나 햇볕은 더 뜨거워졌고, 또 계절이 지나 가로수의 잎사귀들이 아름다운 색을 내뿜었고, 또다시 입김이 짙어지는 계절이 왔지만 그때까지도 내 집의 창문은 열리지 않았다. 그건 내 마음도 마찬가지였다. 나는 실패한 인생이었고 버림받은 인생이었다. 모두에게 손가락질을 받는 인생이기도 했다. 나는 자신을 그렇게 비하하며 칠흑 같은 어둠에서 지내는 것에 익숙해졌다.

그러던 어느 날, 무속인 생활을 시작할 무렵의 꿈에서 신령님이 하신 말씀이 문득 떠올랐다.

"네가 꽃이면 나비가 찾아올 테고, 네가 똥이면 똥파리만 찾아올 것이다."

그 말을 단순하게 이해하는 것은 어렵지 않았으나, 어떻게 하면 나비가 날아드는 꽃이 될 수 있는지, 그 방법은 의문투성이로 남아 있었다. 그런데 갑자기 그 말의 진짜 의미를 알 것 같았다.

'좋은 향기가 나는 사람이 되기 위해서는 바른 생각과 옳은 행동을 해야 한다. 그렇게 살면 내 주변에는 나비와 벌이 모여들 것이고, 내 인생은 꽃밭이 될 것이다.'

핵심은 아주 단순했다. 세상을 바꿀 게 아니라, 내가 새롭게 거듭나면 되는 것이었다. 바른 생각과 옳은 행동을 하며 산다는 것은 여전히 어려운 일이지만, 지금까지도 그 말을 마음속 깊이 품고 있다.

그때, 나를 향하던 욕설에는 무속인에 대한 선입견이 짙게 깔려 있었다. 사람들 머릿속의 선입견을 내가 바꿀 수는 없겠지만, 스스로가 향기 나는 사람이 될 수는 있을 것 같았다. 따뜻하고 올곧은 사람으로 살아가면 되는 것이었다.

선입견의 굴레에서 벗어나려면 스스로 더 당당해져야 했다. 그때부터 나는 많은 시간을 독서하고 글을 쓰며 보냈다. 나를 돌아보는 글들이었다. 그리고 아침저녁으로 더 정성껏 기도를 올렸다. 그동안 하고 싶던 것들을 하나둘 하기 시작했다. 바뀌는 척만 해서는 아무런 도움이 되지 않을 테니, 세상이 요구하는 변화가 아닌 스스로가 원하는 모습으로 나의 겉과 속을 바꿔버리기로 했다. 다른 사람들의 시선 때문에 결심한 것이지만, 나의 내면을 단단하게 만들기 위해 간절하게 실천했다.

그 당시 내가 들은 욕은 스스로를 가둘 만큼 충격적인 것이었지만, 인생을 통틀어 나 자신과 가장 가까이 마주하게끔 만든 것이기도 하다. 지금은 그 선입견의 시선을 이겨내기 위해 노력했던 시절의 초라한 내 모습조차 소중하게 느껴진다. 다시는 그런 더러운 욕을 들을 일이 없겠지만, 있다고 한들 나를 지켜온 시간들이 있기에 전처럼 무너지지는 않을 것이다.

나만 단단하다면, 누군가가 아무리 우리의 존재를 부정한다 해도 상관없다. 지금 이렇게 당당하게 서 있는 것만으로도 우리는 충분히 따뜻한 향기가 나는 사람들이다.

어떤 사주는 바뀌기도 한다

매해 연말, 연초가 되면 사주를 보려고 하는 사람들이 늘어난다. 길흉을 미리 점쳐 한 해를 좀 더 내실 있게 보내고자 하는 마음일 테다.

연말, 연초가 아니어도 사주가 궁금해지는 시기가 있다. 새로운 일을 도모하려고 할 때, 하고자 하는 바가 뜻대로 되지 않을 때, 중요한 결정을 앞에 두고 있을 때 등이다.

나는 10년이 넘는 시간 동안 1만 5,000명이 훌쩍 넘는 사람들의 사주를 봐왔다. 보통은 생년월일시로만 사주를 본다고 생각하지만 그건 아주 기본적인 것에 불과하다. 제대로 사주를 보려면 생년월일시, 관상, 언변 등을 모두 꼼꼼히 들여다봐야 한다.

많이 알려져 있다시피 생년월일시는 사주의 가장 기본이 되는 것이다. 하지만 관상이 좋지 않으면 생년월일시의 사주가 아무리 좋아도 이는 무용지물이다. 또 생년월일시 사주와 관상이 모두 좋다고 해도 언변의 사주가 좋지 않으면 앞의 운들은 빛을 잃는다.

반대로 생년월일시가 좋지 않아도 관상에서 중심을 잡아준다면 그 운으로 살아갈 수 있다. 태어난 때와 관상이 모두 좋지 않아도 언변의 사주에 복운이 있다면 이걸로 살아갈 수도 있다. 즉, 사람의 운을 결정짓는 데 가장 중요한 것은 언변의 사주다.

언변의 사주란 단순히 말을 잘하는 것을 뜻하는 게 아니다. 뱉는 말의 무게를 아는 능력을 의미한다. 무게감이 있고 온화한 음성 역시 중요하지만, 무엇보다도 자신이 내뱉은 말을 지키는 것이 좋은 언변의 사주를 만든다. 다시 말해, 말과 행동의 균형이 가장 핵심이 된다.

현란한 말솜씨를 가졌지만 행동보다 말이 앞서는 사람은 곧 그 바닥이 들통나버린다. 그런 사람들은 매사에 금방 타오르기만 하는 경우가 많다. 일을 벌이기는 좋아하지만 끈기가 부족하기 때문에 마무리가 좋지 않아서, 그 사람을 향한 타인의 환심 역시 금방 사라지게 된다.

좋은 언변의 사주를 가진 사람들은 말하기 전에 다시 한번 생각하는 습관을 지니고 있다. 그들은 '칼보다 무서운 것이 사람의 세 치 혀'라는 말의 뜻을 누구보다 잘 안다. 말에 신중하므로 자신이 뱉은 말에 대한 책임을 지기 위해 행동으로 바로 옮긴다. 이런 사람들의 말에서는 좋은 기운과 절제의 힘이 느껴지기 마련이다. 말의 진심만큼이나 중요한 것은 말에 책임을 지는 태도다.

생년월일시, 관상의 사주는 자신이 선택할 수도, 싫다고 해서 바꿀 수도 없는 불변이다. 그러나 사주 중에서도 가장 중요한 언변은 스스로 노력함으로써 바꿀 수 있다. 타고난 사주가 좋지 않더라도 자신의 말에 책임지는 태도를 가지려 애쓴다면 언변의 사주에서 뿜어내는 에너지로 운명을 바꿀 수 있는 셈이다.

생년월일시, 관상, 언변의 사주가 모두 좋다면 이것이야말로 천운이다. 하지만 모두가 천운을 타고날 수는 없는 법이기에, 우리는 가장 위에서 흐르는 운을 단속해야 한다. 사주를 산으로 비유하자면, 가장 위에서 흐르는 것이 언변의 사주이고 가장 아래에 있는 것이 생년월일시이다. 그러므로 언변의 사주는 다른 모든 사주를 포용하여 함께 흐를 수 있다.

사람과 함께 어울려 살아가야 하는 우리는 인간관계를 이어주는 가장 중요한 것이 '말'이라는 걸 늘 염두에 두어야 한다. 자신의 말 한 마디 한 마디를 소중히 다루어야 한다. 지금 우리가 무심코 내뱉은 말들 속에 우리가 맞이할 운과 불운이 모두 만들어지고 있다.

부적을 내리는 마음

손바닥 크기의 한지에 쓰인 붉은 글씨, 부적. 이게 과연 효험이 있는지 궁금했을 것이다.

부적은 아무나 쓸 수 있는 게 아니다. 부적을 내리기 위해서는 까다롭게 가릴 것이 많다. 마음가짐부터 상상 이상으로 신중해야 한다.

우선, 부적을 지니게 될 사람과 그 부적의 합이 좋은 날을 잡아야 한다. 시간은 가능한 자시(23시~01시)가 좋다. 그날은 비린 음식을 절대 먹으면 안 되고 소금으로 목욕을 해야 하며 깨끗한 옷을 입어야 한다. 그 후 동쪽으로 정수를 올린다. 인간이 가장 쉽게 그리고 가장 많이 부정을 태우는 것을 입이라 간주하여, 하얀 한지를 입에 문다. 부적을 내리는 동안에는 그 어떤 잡담도 하지 않는다.

부적을 내리는 것은 염력을 이용해 주술적인 문양이나 글씨에 혼을 불어넣는 일이다. 부적을 내린 후에는 그것을 지닐 사람을 위해 정성스러운 기도를 올림으로써 부적에 생명을 주입한다. 이렇게 정성껏 내려진 부적이야말로, 그걸 지닐 사람의 간절한 염원을 이루게 도울 수 있다.

부적을 내리는 한지는 양의 기운이 강해 탁한 기운을 걷어낼 수 있다. 좋은 기운을 조화롭게 받아들이는 땅의 역할을 하는 것이다. 종이 위의 붉은 글씨는 태양을 상징하고, 마지막으로 정성껏 올리는 기도는 땅과 태양 사이에 있는 공기 역할을 한다.

요즘에는 원하는 바를 이루기 위해 만든 목걸이, 팔찌, 열쇠고리 등의 제품을 통합해 부적이라 부르기도 하지만, 까다로운 절차를 지키며 한지 위에 정성껏 내린 부적이야말로 그중 으뜸이라는 것은 의심할 여지가 없다.

어느 날, 상담을 의뢰한 손님은 중학생 딸이 있는 어머니였다. 딸은 활발하고 공부도 무척 잘하는 모범생이라 했다. 그런데 딸의 사주를 보다 보니, 문제가 있었다. 그해 사주에 횡액이 들어와 있어서 교통사고를 당할 수도 있을 것 같았다. 이에 대해 충분히 설명한 후, 딸에게 맞는 부적을 내리기로 했다.

부적은 지갑이나 가방에 넣어 다니는 게 일반적이다. 때로는 집의 벽 한편에 붙이기도 하고, 베개 아래에 넣어두기도 한다. 사실, 반드시 어디에 보관해야 한다는 정답 같은 건 없다. 그저 정성을 다해 부적을 내리고, 그걸 간절한 바람으로 지니고 있으면 된다. 하지만 이 딸의 부적은 왠지 교과서 안쪽에 있어야 할 것만 같았다. 10년 넘게 부적을 내리면서 그런 느낌이 온 건 처음이라, 그 위치에 대해서 어머니에게 당부했다.

그 후 2주 정도가 지났을 때, 그 어머니에게 전화가 왔다. 딸의 친구들이 부적을 보고 미신을 믿는다며 놀린다는 이야기였다. 교과서에 붙이라고 할 때 그런 일이 생길 수도 있겠다고 생각은 했었지만 혹시나 모를 딸의 사고를 방지하는 것이 더 중요했다. 나는 곤란하더라도 며칠만 더 그대로 두면 좋겠다고 전했다.

또다시 며칠이 지난 후, 이제는 교과서에 붙인 부적을 떼도 될 것 같다는 판단이 들었다. 이 사실을 알려주려고 휴대전화를 드는데 때마침 그 어머니에게서 전화가 걸려왔다.

"선생님이 교과서에 부적을 붙여두라고 하신 이유를 이제야 알았어요. 부적을 본 친구들이 놀리는 바람에 딸아이가 마음이 많이 상했나 봐요. 원래는 주말에 친구들이랑 다 같이 놀이공원에 갈 예정이었는데, 딸이 화가 풀리지 않는다고 약속을 취소했거든요. 결국, 나머지 친구들끼리만 놀이공원에 갔는데 가던 길에 교통사고가 발생해서 친구들이 모두 입원했다네요. 천만다행으로 모두 크게 다치지는 않았다고 해요. 그 소식을 듣는데 어찌나 아찔하던지요."

우선 친구들이 크게 다치지 않아 정말 다행이었다. 하지만 그 딸은 횡액이 있었기 때문에 그 자리에 있었다면 부상의 정도가 훨씬 심했을 수도 있었다. 이 모든 것이 우연의 일치라고 해도, 나와 그 어머니는 안도의 한숨을 내쉴 수밖에 없었다.

작은 종이 한 장에 붉은색으로 글씨와 문양을 적어놓은 부적의 효과에 대해서는 사람마다 말이 다른 것이 당연하다. 물론 과학적으로만 따진다면 말도 안 되게 보이겠지만, 세상에는 이론으로 설명할 수 없는 일들이 분명히 있다.

나는 앞으로도 부적을 내릴 것이다. 부적을 내리는 몇 시간 동안, 모든 정성을 한지 위에 쏟을 것이다. 누군가 이 마음을 알아주고, 내가 내린 부적으로 인해 편해진다면 더욱 최선을 다할 것이다. 믿는 사람에게는 정말로 존재하고, 믿지 않는 사람에게는 영원히 존재하지 않는 것이 신이고 믿음이다. 그리고 자신이 하는 일에 의문이 없다면 이 세상 어떤 것도 옳은 것이 될 수 있다. 나는 그렇게 내 믿음과 옳음을 좇을 것이다.

네 잎 클로버가 선택한 행운의 운명

클로버의 잎은 세 개. 그러나 줄기에 상처를 입으면 살고자 하는 클로버의 의지가 네 번째 잎을 틔우기 시작합니다. 그렇게 행운의 상징 네 잎 클로버가 되지요.

흔들리지 않고 피는 꽃은 없듯, 상처 한번 입지 않고 살아가는 사람은 없습니다. 그러니 우리는 상처에 좌절하는 대신 네 잎 클로버처럼 새로운 잎을 틔우고 성장하며 삶을 완성해야 합니다. 수많은 세 잎 클로버 사이에서 상처 입은 네 잎 클로버가 당당하듯, 어떤 상황이 닥치더라도 살고자 하는 마음이 절실하다면 우리에게도 분명 네 잎 클로버의 행운이 다가올 것입니다.

_ 어느 날, SNS에 올린 글

지인이 이런 말을 한 적이 있다.

"물에 빠진 사람이 죽는 이유는 살기 위해 어설프게 발버둥만 치기 때문이다. 다시 살기 위해서는 물속 끝까지 내려가 바닥을 만나야 한다. 죽을힘을 다해 바닥을 밀고 수면 위로 올라가야 다시 살 수 있다. 바닥을 무서워하지 마라. 그 바닥에서 살아갈 수 있는 새로운 힘을 얻게 된다."

이 말은 내가 시련을 버티는 데 큰 힘이 되어주었다. 힘이 들 때마다 '바닥까지 내려간 자신을 인정해야 다시 위로 올라갈 수 있다'라고 되뇌었고 그건 일종의 주문이 되었다.

남의 상처보단 자신의 상처가 유독 크게 보이고 아프게 느껴지는 법인지라, 나는 많이 다치고 많이 슬퍼하며 살았다고 생각했다. 내가 쓸모없는 존재처럼 보이기도 했다. 그럴 때면 내 앞의 길이 유독 차가운 살얼음판 같았고, 다음 발을 어디로 디뎌야 할지 몰라서 이대로 모든 것을 포기해버리면 편할 것 같기도 했다. 하지만 위태로운 하루가 지나면 어김없이 다음 날은 시작됐다.

삶에는 진실 하나가 숨어 있었다. 하루하루를 버티다 보면 나를 아프게 한 큰 상처도 결국은 회복되고, 눈물이 마르나 싶을 만큼 울게 했던 큰 슬픔도 결국은 무뎌진다.

지금의 나는 과거의 내가 불행이라 생각했던 것들을 곱씹지 않는다. 내가 받은 상처들을 헤집어가며 기억하려고도 하지 않는다. 그저 지금의 내가 얼마나 당당한 사람인가에 대해서만 집중한다. 내 운명에 당당해야 나를 만나는 사람들이 즐거워할 것을 알고 있기 때문이다. 네 잎 클로버를 찾은 사람들이 기뻐하는 것처럼 말이다.

우리는 모든 게 무너질 것 같은 위기마저도 결국 이겨내고 마는, 네 잎 클로버 같은 존재들이다. 네 잎 클로버가 사람들을 기분 좋게 하는 건 단지 잎이 하나 더 많기 때문은 아니다. 자신의 상처를 받아들이며, 세 잎 클로버의 꽃말인 '행복'과 네 잎 클로버의 꽃말인 '행운'을 모두 갖게 되었기 때문이다. 네 잎이 되었다고 더는 클로버가 아닌 것은 아니듯, 상처들은 우리의 운명을 바꿔놓을 수 없다. 오히려 생채기를 극복해가는 과정을 통해 네 잎 클로버처럼 특별한 행운의 운명을 갖게 되는 것이다.

많은 사람이 기적을 말하지만, 나는 갑자기 내 앞에 번쩍하고 찾아오는 기적이란 없다고 생각한다. 기적은 스스로 찾아 나설 때 결국 마주하게 된다. 네 잎 클로버가 처음 발견되었을 때도 사람들은 '기적'이라 했을 테지만, 그것은 클로버 스스로 만들어낸 것이다.

보이지 않는 것을 보는 사람

신내림을 받은 지 6개월이 지났을 무렵, 강남역 골목 끝자락에 작은 신당을 모셨다. 하지만 여전히 나는 손님들의 앞날을 예언하는 일이 부담스러웠고, 부채 방울을 들고 사람을 마주할 용기도 나지 않았다. 주소가 적힌 명함을 단 한 장도 뿌리지 않은 건 그런 이유 때문이었다. 내가 무속인이 되었다는 것을 가능한 한 아무도 모르길 바랐다.

그러던 어느 날, 현관 벨 소리가 신당의 적막을 깼다. 벨을 누른 사람은 키가 작은 중년의 남자였다. 정확하게 기억나지는 않았지만, 왠지 어디에서 본 것 같은 얼굴이었다. 내가 무당이 된 게 벌써 소문이 난 건가 싶기도 하고, 이러다 금세 모두가 알게 되면 어쩌지 싶어 걱정이 되었다. 물론, 세상에 비밀은 없으니 내가 아무리 무속인이 아닌 척해도 나 혼자만 나를 속이는 것일 뿐이고, 알 사람은 다 알게 되겠지만 말이다. 하나, 이는 괜한 걱정이었다. 갑자기 찾아온 그 손님은 내가 아주 어릴 때 텔레비전만 켜면 나오던 유명한 배우였다. 텔레비전에서 모습을 감춘 지 수십 년이 지났지만, 그의 얼굴은 예전 그대로였다. 낯익다는 느낌을 받은 것도 무리는 아니었다. 부담이 되긴 했지만 불쑥 찾아온 손님을 그냥 보낼 수도 없었기에, 뭐든 느껴지는 대로 말해야겠다 마음먹고 상담을 시작했다.

손님은 배우를 그만두고 사업가로 변신해 있었다. 내가 점 쳤을 땐, 곧 한국을 떠나 타국으로 자리를 옮기는 이동 수가 보였다. 알고 보니 그는 그동안 몇 차례 사업에 실패했고, 이번에는 동남아로 사업 터전을 옮겨보려던 참이었다. 즉, 해외에서 사업을 시작해도 괜찮을지 물어보기 위해 나를 찾아온 것이었다. 그 당시 내가 본 바에 따르면, 그의 사주에는 사업 운이 없었다. 이런 사람들이 사업으로 성공한다는 것은 사막에서 우물 찾기 수준으로 어려운 일이다. 나는 신령님께 사업 운을 내려 받는 것이 좋겠다고 말해주었고, 다음 날 오후 5시에 치성을 드리기로 약속을 잡았다.

다음 날 아침, 나는 평소보다 조금 더 일찍 일어났다. 신당에서 기도를 마치고, 재래시장에서 치성을 올리기 위한 장을 봐야 했기 때문이다. 사과, 배 등 과일 하나하나를 흠집은 없는지 확인한 후, 최상품만 옮겨 담았다. 갖가지 전을 부칠 재

료까지 준비해서 집으로 돌아오고 나니, 잠시 쉴 틈도 없을 정도로 시간이 빠듯했다. 손님이 5시에 오기로 했으니, 4시까지는 완벽하게 상차림을 끝내야 할 터였다. 바쁘게 움직이다 보니 곧 오후 4시가 되었다. 휴대전화에서 정각을 알리는 알람 소리가 들렸고, 바로 이어서 현관 벨도 울렸다. 손님이 마음이 급했던지, 일찍 서두른 모양이었다. 하지만 문 앞에 서 있는 건 서너 살 정도 되어 보이는 남자아이뿐이었다. 나는 손님이 아이와 함께 왔다가 놓고 온 것이 있어 주차장으로 다시 내려갔나 보다 생각하고는 아이를 집 안으로 데리고 들어왔다. 그런데 아이가 배가 고프다며 밥을 달라는 게 아니겠는가. 딱히 먹을 만한 음식이 없었던지라, 신령님께 올리려고 만들어둔 전과 탕국 그리고 밥을 아이에게 주었다. 이 정도로 배고픈 아이만 남겨두었다면 전화 한 통이라도 할 법한데, 이상한 일이었다.

밥을 먹고 있는 아이를 다시 보니, 손님의 아들이라고 하기에는 너무 어린 것 같았다. 하긴, 일찍 본 손자일 수도 있었다. 아이는 어린아이가 먹는 양이라고는 믿기지 않을 정도로 밥을 많이 먹었는데 그 모습이 어찌나 귀여운지, 나는 신이 나서 밥과 국을 더 퍼 담았다. 아이는 몇 숟가락 더 받아먹은 후에야 배가 부른 듯했고, 나는 그제야 밥상을 치우고 다시 치성 준비를 마무리할 수 있었다.

그사이 5시가 되었는지, 다시 휴대전화에서 알람 소리가 들렸고 이번에도 바로 이어서 현관 벨이 울렸다. 현관문을 열자, 이번에는 바로 기다리던 그 손님이 서 있었다. 나는 가볍게 인사를 한 후 아이 이야기부터 꺼냈다.

"아까 먼저 오셔서 현관 앞에 아이를 데려다 놓으셨죠? 누구예요? 많이 닮은 거 같은데."

내 질문에 그는 어리둥절한 표정으로 대답했다.

"무슨 아이요?"

오, 그러고 보니 좀 전까지 집 안에 같이 있던 아이가 감쪽같이 사라지고 없었다. 아이의 작은 몸을 숨길 공간도 전혀 없는 협소한 원룸이었던지라 도대체 아이가 어디로 사라졌는지 알 수 없었고, 내가 거짓말을 한 것 같아서 난감했다. 현관문은 아이 힘으로 못 열게 되어 있었으니, 정말 귀신이 곡할 노릇이었다.

내가 말없이 집 안만 두리번거리자, 손님은 다시 "무슨 아이요?"라고 되물었다. 나는 서너 살 된 아이였고 손님이랑 똑같이 생겼다고 대답했다. 그는 내가 이상한 소리를 한다는 듯, 자기는 아이랑 같이 오지도 않았다고 말하며 당황스러운 표정을 지었다.

그렇다면 좀 전의 그 아이는 대체 누구이며 또 어디로 사라졌단 말인가. 싱크대에는 아이가 사용했던 밥그릇과 국그릇이 그대로 포개져 있었다. 분명 꿈은 아니었다. 그러나 아이 생각만 계속하기에는 시간이 없었다. 나는 서둘러 치성을 드릴 채비를 한 후 한복으로 갈아입었다. 그날의 치성은 10분 거리에 살고 계시는 신 아버지께서 도와주시기로 되어 있었다. 내 전화를 받고 신당으로 오신 신 아버지께서는 도착하자마자 당신의 꿈 이야기를 꺼내셨다.

"내가 좀 전에 선잠이 들었는데 꿈속에서 서너 살 되어 보이는 어린아이를 만났지 뭐냐. 매우 똑똑하게 생긴 아이였어. 사탕을 움켜쥔 손등에는 큰 점이 있었어. 자기 형을 도와달라고, 형이 외국으로 나가서 돈 많이 벌어 오게 해달라고 하더라."

내 옆에서 이 말을 듣던 손님은 화들짝 놀라며 "손등에 큰 점이요?"라고 물었다. 나 역시 심상치 않은 일을 겪은 터라, 그에게 혹시 짐작 가는 어린아이가 있냐고 물었다. 그는 한숨을 내쉬며 잠시 생각에 잠기더니, 40년 이상을 감춰온 이야기라는 말로 운을 뗐다. 네 살 때부터 유명세가 따른 덕에, 손님은 어린 시절에 하루도 쉴 날 없이 매일매일 촬영을 하고 전국으로 돌아다녔다고 한다. 사실 그에게는 두 살 어린

동생이 한 명 있었는데, 어머니가 그의 매니저 역할을 해야
했기에 동생은 종종 집에 혼자 남아야만 했단다. 그러던 어
느 날, 이틀 동안 영화 촬영을 하고 돌아오니 어린 동생이 맥
박만 겨우 붙은 채 의식을 잃고 있었다. 동생은 급히 병원으
로 옮겨졌지만 결국 죽고 말았다. 바로 그 동생의 손등에 큰
점이 있었다는 것이었다. 동생에 대한 애끓는 미안함이 다시
금 들기 시작한 건지, 손님은 허탈해하며 한동안 울먹였다.

　40년 전 세상을 떠난 한 많은 어린 망자가 시간이 이렇게
흘렀음에도 자신의 형을 위해서 무당의 눈앞에 산 사람처럼
나타나고, 또 꿈으로 흡수되어 형을 도와달라는 당부의 말을
했다는 것은 경이로움을 넘어서 신비로운 일이었다. 원망도,
자신이 받지 못한 보살핌에 대한 하소연이나 호소도 없이 긴
시간 형을 걱정해온 망자와 만난 일은 내게는 특별하고 의미
있는 경험이었다.

　나는 신을 모시고 살지만, 때로는 신도 외면하는 혼자가
된 기분이 든다. 그러다가 세상을 떠난 망자와 소통할 때면,
내가 모시는 신이나 주변의 사람들과는 다른 방식의 다정한
교감을 확인하기도 한다. 그런 순간, 그들의 존재는 나를 조
금은 덜 외롭게 만든다. 그뿐만 아니라, 나는 꿈에서도 처음

보는 망자들과 깊은 대화를 나누곤 한다. 그러고 나면, 다음 날 어김없이 그들과 연관 있는 사람들이 상담을 청해온다. 꿈에서 만난 망자의 아내, 부모, 자식들을 손님으로 만나는 것이다. 그렇게 내가 먼저 망자를 만난 경우, 나는 꿈속에서 본 그들의 모습이나 그들이 남긴 메시지를 손님에게 전달한다. 죽은 사람과 산 사람의 매개체 역할을 하는 것이다. 이럴 때 역시 나는 망자와 깊은 교감을 느낀다. 꿈만이 아니다. 나는 기도터에서도 그들을 느끼거나 보고, 심지어는 실제 현실 속에서도 마주한다. 보이지 않는 존재와 소통하는 내 모습을 신당이 아닌 곳에서 일반인들이 목격한다면 '아, 미쳤구나', '정신이 나갔구나' 등의 말을 할 수도 있겠지만, 내게는 그저 일상일 뿐이다.

세상을 떠난 혼령이 가족들 가까이 다가오는 데는 몇 가지 이유가 있다. 명을 달리한 시간이 한참 지났음에도 저승길로 제대로 접어들지 못하고 구천을 떠돌며 자신을 도와달라고 하는 일도 있지만, 가족들에게 중요한 메시지를 전해주려 하거나 어려운 상황에 있는 가족을 돕고 싶어 하는 경우도 많다.

내가 만난 그 어린 망자 역시 형을 도와주기 위해 나타났을 것이다. 우리는 종종 나 혼자 잘나서 인생을 살아간다고 생각하지만, 때로는 먼저 저세상으로 간 조상님이나 피붙이의 도움을 받는다. 뚜렷한 윤곽이 없어서 도움을 받은 당사자는 모르기 마련이지만, 분명 어딘가에는 우리가 잘 살길 바라는 보이지 않는 존재들이 있다.

그때 그 상담자는 사업 운을 내려 받는 치성을 올린 후, 타국으로 떠났다. 그 후 단 한 번도 연락이 닿지 않았지만, 한 많은 어린 동생의 혼령이 나타나 밥을 배불리 먹고 자신의 형을 도와달라고 했으니 그 덕으로라도 지금쯤은 성공한 사업가가 되어 있기를, 나는 간절히 바라고 있다.

모든 것에는 다 때가 있다.

하늘 아래서 일어나는 모든 일에는

다 정해진 때가 있다.

날 때가 있고 죽을 때가 있으며

심을 때가 있고 뽑을 때가 있다.

죽을 때가 있고 살릴 때가 있으며

부술 때가 있고 세울 때가 있다.

울 때가 있고 웃을 때가 있으며

슬퍼할 때가 있고 춤출 때가 있다.

얻을 때가 있고 잃을 때가 있으며

지킬 때가 있고 버릴 때가 있다.

침묵할 때가 있고 말할 때가 있으며

사랑할 때가 있고 미워할 때가 있다.

싸울 때가 있고 화해할 때도 있다.

· 구약성서 전도서 3장 중

• 나는 모든 종교는 결국 하나로 통한다고 믿는다. 특히 이 구절은 내가 무속인으로 생활을
  하면서도 마음에 새기는 것이라 옮겨 적는다.

오늘도
감지덕지한

하
루

나의 싸구려 장점

내 왼쪽 팔에는 문신이 하나 있다. 한때, 내 삶은 그야말로 지옥에 가까웠다. 거의 8개월 동안 제대로 먹을 수도, 잠을 깊게 잘 수도 없었다. 하루에 고작 한두 시간 잘 수 있을 뿐이었다. 그러다 보니, 온몸의 전원이 꺼진 것 같았다. 어떤 감각도 온전하지 못했고, 모든 것이 무너져 내리는 느낌이었다. 삶에 대한 상실감이 깊게 나를 짓눌렀다. 심한 날은 내가 이미 죽은 것 같기도 했다. 내가 살아 있는 사람인지, 송장인지 구분되지 않아 몸이 반응하기만 한다면 어떤 고통이라도 겪어보고 싶었다.

그때 문득, 문신을 해야겠다는 생각이 들었다. 뾰족한 바늘로 피부를 수천, 수만 번 자극해야 완성할 수 있다는 문신을 내 몸에 새기며 그 통증이라도 느껴보고 싶었다. 그렇게 신체적 고통을 통해서라도 내 몸의 전원을 다시 켜고 싶었다.

무너져가는 것 같은 내 삶에도 장점은 하나 있었다. 나는 이걸 '싸구려 장점'이라고 칭한다. 어떤 상황에서도 나를 단정하게 지켜줬지만, 대단하다고는 할 수 없는 버릇이기 때문이다. 그건 바로 어떤 상황에서도 보기에 좋은 것들을 선호한다는 점이다. 아무 입맛을 느낄 수 없어서 하루 한 끼도 간신히 먹던 순간에도, 밥상을 차릴 때는 예쁜 그릇을 꺼내 음식을 정갈하게 담았다. 아무리 힘이 들어도 냉장고에 보관된 반찬 통을 식탁에 그대로 올리지 않았다. 건강이 악화되고 정신이 피폐해졌지만, 머리카락이 지저분한 건 참을 수 없어서 미용실에 가는 주기는 어기지 않았다. 우울증이 점점 심해져 누구도 만나지 않고 혼자 집 안에만 처박혀 있을 때에도, 집 안 청소를 미루지 않았다. 그래서인지 정신이 힘든 상태에서 문신의 도안을 생각하면서도 밝고 예쁘고 누가 봐도 좋은 것으로 하고 싶었다. 그렇게 활짝 웃고 있는 미키마우스가 내 왼쪽 팔에 새겨졌다. 돌이켜 생각해보면, 언젠가 웃음을 되찾고 싶은 간절함으로 이 그림을 선택했던 것 같다. 그게 통했던 건지, 그 문신을 볼 때마다 왠지 모르게 미소가 지어졌다. 거의 1년 만에 찾아온 억지웃음이었지만, 그땐 그걸로도 충분했다. 그리고 길지 않은 시간이 지나, 내 마음의 병은 차차 좋아졌다. 가짜로라도 웃었던 게 치료법이 되었던 건 아닐까 생각한다. 그 후, 활짝 웃고 있는 미키마우스 문신은 내 행복의 상징처럼 되었다.

이런 경험 때문에, 나는 모든 마음의 병은 억지웃음이라도 찾아보는 것에서 그 치료가 시작된다고 믿는다. 어떤 극한의 상황에 부닥쳐도 억지로 웃으며 긍정적으로 생각하고자 노력하다 보면 해결의 실마리가 보일 수 있다. 물론, 그게 말처럼 쉬운 일도 아니고 지나친 낙관주의 역시 피해야 한다는 건 안다. 그러나 힘든 순간에 발휘되는 긍정 에너지는 분명 다시 일어설 힘으로 이어진다. 어려움을 겪고 다시 일어선 사람은 자기를 더 귀하게 생각하고 아끼게 된다. 내가 나를 아끼기 시작하면 아무리 지친 내면이라 할지라도 그 안에 활기가 생긴다. '힐링'이라는 말이 흔해진 요즘이지만, 이 긍정적인 순환이야말로 진정한 힐링이자 치유가 아닐까.

절대 끝나지 않을 것 같던 힘든 시간도 언젠가는 지나간다. 나 역시도 그런 순간들을 누구보다 어둡고 깊게 견뎌왔다. 그 힘든 시기 가운데 억지웃음이라도 짓기 시작한 날들은 지금 생각하면 뭉클하기만 하다. 그저 작게 미소라도 지어보는 것, 그게 답의 시작이 될 줄은 그땐 미처 몰랐다.

요즘엔 강연에서도 책에서도 "자신이 원하는 일만 찾아서

하라. 그 속에 행복이 있다"라는 말이 쏟아진다. 그리고 "힘들면 포기하는 것도 용기"라고 한다. 그 말이 틀렸다는 건 아니다. 다만, 모두가 그럴 수는 없다는 생각에 저 메시지들이 가끔은 답답하다. 힘든 일은 전부 포기하고 내가 원하는 일만 찾아서 할 수 있는 사람이 몇이나 될까. 차라리 어린 시절 주입받았던 "열심히 하면 언젠가는 성공한다"라는 말이 더 현실적으로 들린다. 최선을 다한다고 해서 무조건 좋은 결과가 따라오는 건 아니라는 사실을 살면서 뼈저리게 느끼긴 했지만 말이다.

차라리, 힘들면 어떤 상황에서든 딱 한 번만 웃으려 노력해보라는 것이 더 나은 조언일 것 같다. 살다 보면 아무리 노력해도 안 되는 것이 있다는 걸 깨닫게 된다. 그런 순간을 마주하다 보면 우리는 진짜 시원하게 웃는 법을 잊게 된다. 최선을 다했다면 성공하지 못하는 게 부끄러운 일이 아니란 걸 아는데도 웃지 못한다. 성공하지는 못했지만 노력하는 동안 분명 성장했다는 걸 알면서도 미소는 생기지 않는다. 그럴 때일수록 억지웃음이라도 놓지 말아야 한다. 그런다면 실패를 경험하는 순간에도 다음 단계로 나아갈 힘을 얻을 수 있다.

어쩌면 우리가 세상의 문제에 대한 답을 찾는 데 필요한 것은 자기계발서 속의 혹은 유명인의 거창한 조언이 아닌, 다시 일어설 수 있다는 믿음뿐일지도 모른다. 그 과정에서 자신을 향해 한 번씩만 웃어본다면, 분명 식지 않은 열정이 어디선가 샘솟으며 자생의 에너지를 얻게 될 것이고 다시 목표를 향해 한 단계씩 걸어나갈 수 있을 것이다. 누가 아는가. 그러는 동안 억지웃음이 진짜 웃음으로 만개할지.

삶의 우선순위

당신의 인생에서 가장 중요한 가치, 즉 삶의 우선순위가 무엇인가요?

이 질문에 바로 답을 할 수 있는가. 바쁘게만 살아가는 현대인들은 삶의 우선순위에 대해 고민을 해볼 여력조차 없어 보인다. 지치고 힘든 세상, 그냥 하루하루 살아가는 것만으로도 버거워서 인생을 돌아보고 계획을 세우기 어려운 것 같다.

이 고된 일상 속, 지친 자신을 위해 변화하고 싶다면 삶의 우선순위를 정하는 것이 중요하다. 이미 삶의 우선순위를 정해놓았으나 그것이 자신에게 도움이 되지 않고 있다면 반드시 재정비가 필요하다.

삶의 우선순위가 정해지면 우리에게 주어진 유한한 시간을 효율적이고 체계적으로 사용할 수 있게 된다. 그것은 자신에게 필요한 일이 무엇인지 알게 해주고, 불필요한 것들을 정리할 수 있게 한다. 또 먼저 해야 할 일과 조금 뒤로 미뤄도 되는 일을 구분하게 함으로써 인생에서 가장 중요한 가치를 구분할 수 있게 한다.

　전 농구 선수 하승진 씨가 NBA에 진출했을 때, 그의 인터뷰를 본 적이 있다. 한국과 미국의 차이점이 뭐냐는 질문에 그는 이렇게 답했다. 한국의 프로 선수들은 시즌 때 합숙 훈련을 하는 데 반해, 미국 선수들은 시즌 때에도 운동 시간 외에는 철저하게 가족들과 시간을 보낸다고. 그는 미국 동료 선수들에게 이런 차이에 대해 말을 했고, 그들은 깜짝 놀라며 그럼 사랑하는 가족들하고는 언제 시간을 보내냐고, 너희가 농구를 하는 가장 중요한 이유는 뭐냐고 물었단다. 하승진 씨는 운동을 시작한 초등학생 때부터 농구 외에는 생각해본 적도 없을 만큼 삶 자체가 농구였다. 하지만 미국 선수들은 각자의 삶 속에 농구 선수라는 직업이 있을 뿐이었다. 그 결과, 미국 선수들은 한국 선수들보다 더 즐기며 운동을 하는 것 같고 삶의 만족도도 더 높아 보인다고 했다.

　이 인터뷰는 내게 삶의 우선순위를 만드는 것이 왜 필요한지, 그것이 인생의 가치를 어떻게 바꿀 수 있는지 다시 한번 생각해보게 했다.

직장이나 학업에서의 성과를 위해서도 삶의 우선순위는 필요하다. 어느 날 사회 초년생이 상담자로 찾아왔다. 첫 회사에 입사한 지 약 1년 정도 된 사람이었다. 그는 직장에 적응하는 것이 힘들다고 했다. 다른 회사로 이직을 하는 게 나을지 알고 싶어 했고, 지금 자신의 문제가 단지 직장 상사 혹은 선배들과의 궁합 탓인지 궁금해했다.

사회 초년생들이 나를 찾아오는 이유는 거의 이 사례와 비슷하다. 그리고 특별한 경우를 제외하면 나의 대답 역시 비슷하다. 대부분은 사주의 문제가 아니라 자신의 행동에 문제가 있기 때문이다.

직장 생활이 처음인 그들 대부분은 상사와 조직에 잘 보여야 한다는 강박감 때문에 과다한 의욕에 사로잡힌다. 그러다 보면 삶의 우선순위가 직장에서 잘 보이는 게 되어버린다. 삶을 이끌어가기 위해 직업이 필요한 건지, 이 직장에서 살아남는 것이 삶의 목표인지 알 수 없게 된다. 직장에서 자신의 가치, 직업의 의미 등을 이해하기보다는 어떻게 하면 상사의 눈에 들지 고민하는 데 급급하게 된다. 체계적으로 일의 우선순위를 정하지 못한 채 무작정 덤비게 되고, 이 과정에서 실수가 생겨난다. 이렇게 수개월, 혹은 수년 동안 일하다 보면 그 회사가 나에게 정말 맞는 건지, 이 직업이 내가 찾던 게 맞는 건지 의심이 되는 순간이 찾아올 수밖에 없다.

상담자 중에는 심지어 직장 상사들에게 잘 보이기 위해 제 일을 제쳐두고 선배의 업무를 대신 해주며 스트레스를 받는 다는 사람도 있었다. 자신의 퇴근 시간, 때로는 주말까지 반 납하면서 회사 일에 최선을 다했다고 생각했지만, 돌아오는 건 칭찬이 아니라 이 모든 상황을 당연하게 바라보는 주변의 시선이라 이에 염증을 느낀다고 했다. 이런 사람들에게 직장 생활에서 가장 중요한 것이 뭐라고 생각하냐, 당신 삶의 우 선순위가 무엇이냐고 물어보면, 대부분은 고개를 갸우뚱하 며 그런 걸 생각해볼 여유도 없이 열과 성을 다해 일했다고 한다. 그들은 과연 최선을 다한 것일까? 누구를 위한 최선일 까? 길고 긴 직업 생활을 위해서는 타인의 인정보다는 나 자 신의 인정이 중요하다. 삶에서 가장 중요한 것이 무엇인지를 깨닫지 못한 채 점집 문지방을 넘나든다 해도, 그 누구도 해 답을 줄 수 없다.

직장 생활뿐만 아니라, 일상생활에서도 삶의 우선순위란 중요하다. 그게 명확히 세워져 있지 않다면 그때그때 필요에 의해 시간을 낭비하고 복잡한 삶에 끌려다니게 된다. 물론 무작정 열심히 살다 보면, 그 보상으로 조금의 풍요로운 인 생이 기다릴지도 모른다. 하지만 자신의 지쳐버린 정신과 육체는 무엇으로 보상할 것인가.

　삶의 우선순위를 정하는 것은, 삶에서 중요하지 않은 일들을 버릴 수 있게 해주기도 한다. 버리는 만큼 삶의 여유는 생긴다. 그러므로 오로지 자신을 위한 삶의 우선순위를 정하는 연습을 지금부터라도 해야 한다. 이 말이 다소 이기적으로 들릴 수도 있다. 더불어 사는 삶인데, 오로지 자신만을 위해 생각하라니. 그러나 이것은 내 삶을 더 행복하게 꾸리기 위한 일종의 전략이다. 나 스스로 삶의 우선순위를 정하지 못한다면 다른 사람이 강요하는 대로 끌려갈 수밖에 없다. 우리 사회는 작은 연관이라도 있으면 그걸 빌미로 개인에게 크고 작은 의무를 부여하기도 한다. 이걸 스스로 끊어내지 않으면 수많은 의무에 짓눌리게 된다. 즉, 삶의 우선순위를 정하지 않으면 돌아오는 건 의무 천지일 뿐이다. 의무 천지에 갇힌 사람들은 "사람 때문에 지친다"라는 하소연을 가장 많이 한다. 스스로 삶의 우선순위를 명확히 세우고, 타인의 삶에도 그런 것이 있다는 걸 인정한다면 인간관계에서 오는 이런 무기력함도 다소 해결될 수 있지 않을까.

　지금, 삶에 지친 누군가가 있다면 점집을 찾는 것보다는 자신을 돌아보는 시간을 가졌으면 좋겠다. 삶의 우선순위가 무엇인지, 어떤 것이 자신에게 가장 가치 있는지를 생각해보면 좋겠다. 건강, 재테크, 자기계발, 가족, 여행, 반려동물 등 막연한 것이 아니라 조금 더 구체적이고 체계적으로 말이다. 인생에서 이루고 싶은 것의 우선순위, 1년 내에 이루고 싶은 것의 우선순위, 한 달 내에 이루고 싶은 것의 우선순위, 오늘 해야 할 것의 우선순위 등, 큰 목표에서부터 작은 것까지 세밀하게 계획해보는 것이다. 이렇게 삶의 우선순위를 만들고, 그것들을 이행해나가다 보면, 궁극적으로 삶은 보다 나아질 것이고 직장에서든 일상에서든 숨 쉴 틈이 생길 것이다. 내가 선택한 것들로 삶의 요소들을 조금씩 바꾸게 되면, 분명 여유와 활기가 생길 것이며 성공의 기회를 만날 확률도 높아질 것이다.

인생의 가장 큰 의무

나는 가끔 기도할 장소를 미리 정해놓지 않고 산을 오른다. 사람들이 많은 등산로를 피해 산을 타다가 기운 좋은 곳이 있으면 그곳에 터를 잡고 기도를 한다. 낭떠러지에 있는 바위라도 아랑곳하지 않는다. 얼마 전에 오른 기도터는 절벽 근처라 아슬아슬했지만 영험한 기운이 느껴졌다. 그 기운 때문에 처음 그곳을 발견한 이후에는 일주일에 두세 번씩 가게 되었다. 인적도 거의 없고 길조차 나지 않은 곳이었지만, 나의 발자국으로 작은 길을 만들고 있다는 느낌이 만족스러웠다.

그때쯤, 한 할머니께서 상담자로 찾아오셨다. 중학생 손자 두 명을 홀로 키우시는 분이었다. 손자의 아버지이자 할머니의 아들은 9년 전에 이혼했고, 직장 문제로 아이들을 할머니께 맡겨놓았다고 했다. 한 달에 한 번 정도 아이들을 보러 왔었지만, 그것도 오래전 이야기였다. 언젠가부터는 회사

사정이 안 좋다면서 양육비도 보내지 않았고 연락도 되지 않았다. 노인 혼자 감당하기에는 힘든 상황처럼 보였다. 그런데도 그분은 자신의 힘듦을 토로하지 않았다. 오히려 아들이 지금 어디에서 어떻게 지내고 있는지, 밥은 잘 먹고 사는지 궁금해 상담을 하러 오신 것이었다.

내가 점친 바에 의하면, 아들은 앞으로 1년은 더 지나야 돌아올 사람이었다. 하지만 나는 할머니의 힘든 어깨에 1년이란 시간을 더 얹어드리고 싶지 않았다. 그래서 며칠 후에 영험한 바위에서 할머니와 아들을 위해 정성껏 기도를 올리겠다고 약속했다. 그러면 아들이 바로 돌아올 수도 있을 거라는 말에 할머니는 조금 안심한 기색으로 집으로 돌아가셨다.

그로부터 4일 후, 작은 배낭에 기도하러 갈 짐을 꾸렸다. 자연에서 하늘을 지붕 삼아 기도하는 곳인 허공 기도터에 가져갈 짐이라고 해봐야 배 하나, 사과 하나 그리고 손바닥 크기의 팥떡 하나가 전부다. 평소와 다름없는 차림이었지만 이번에는 할머니 아들의 생년월일이 적힌 축원문을 추가했다.

두 시간가량 산을 올라 바위에 도착했다. 잠시 숨을 고르고 깨끗한 한지 한 장을 바닥에 폈다. 재물로 준비해 간 음식들을 작은 접시에 정갈하게 담은 후, 동서남북으로 절을 올렸다. 그렇게 기도를 시작하려던 순간이었다.

산행을 하던 한 아주머니가 나를 향해 성큼성큼 걸어왔다. 그 아주머니는 조금의 망설임도 없이 큰 소리로 찬송가를 부르더니 "사탄은 물러가라!"라며 고래고래 고함을 질렀다. 그 소리에 등산하던 다른 사람들까지 몰려들기 시작했다. 너무 어이가 없는 상황이었지만, 그 자리에서 내가 무얼 할 수 있었겠는가. 아무리 애를 쓴다 해도 그분을 이해시킬 방법이 없다는 것을 나는 이미 알고 있었다. 빨리 그 자리를 피하는 게 최선이었다. 깔아둔 재물들을 정리하여 배낭에 다시 넣고 일어섰다. 애써 태연한 척하고 있었지만, 이렇게 자리를 피해야 하는 상황이 비참했다. 그날따라 내 처지의 처연함이 유난히도 선명하게 다가왔다. 이렇게 산에서 내려가면 치밀어 오르는 화를 두고두고 삭이지 못할 것 같았다. 결국, 나는 평소 같으면 절대 하지 않았을 행동을 하고야 말았다.

"아줌마, 남편 몰래 젊은 놈하고 바람피우다가 이혼당하고 쫓겨났네? 이제라도 착하게 살겠다고 회개하는 마음으로 예수님 품으로 갔으면 착하게 살아! 어디다 대고 개 짖듯 짖어? 어라, 지금 만나는 남자도 유부남이네? 남의 가정 파탄 내고 다른 선량한 사람 눈에 피눈물 나게 하는 짓이 얼마나 큰 죄인지 모르나 본데, 그러다 조만간 저승사자한테 끌려 지옥으로 가게 될 거야. 거기서 염라대왕한테 심판받고 실오

라기 하나 못 걸친 채 가시넝쿨 여기저기 끌려다니면서 저승 무사한테 돌 처맞아 죽어. 그러니 정신 차려, 아줌마!"

한참을 퍼붓다 보니, 놀랄 대로 놀란 아주머니가 그 자리에 얼어붙어 벌벌 떨고 있는 게 보였다. 그제야 정신이 들었다. 모여든 사람들은 여전히 웅성웅성하고 있었다. 그들을 피해 서둘러 산에서 내려왔지만, 사탄이라고 외치던 그 고함이 내 귀에서 계속 메아리치며 떠나지 않았다. 그 일이 있고 난 뒤 며칠이 지났을 때까지도 정말 지독하게 귓속에서 맴돌았다.

그 아주머니가 나를 사탄이라 말했다고 해서 내가 사탄이 되는 건 아니었다. 하지만 그 당시의 나는 직업에 대한 주체 의식과 신념이 부족했다. 내면에 중심을 잡지 못하고 있으니, 다른 사람의 평가가 고스란히 내가 되어버렸다. 그랬기에 그 순간 화를 참지 못했던 것이다.

인생은 한 걸음씩 성장해나가는 것이지만, 막 애동제자(무속인이 된 지 얼마 지나지 않은 사람을 이르는 말)가 됐을 때는 무속인들을 곱게 보지 않는 시선들에 스스로가 너무나 수치스러웠고 이겨내기 버거웠다. 주변의 말과 시선에 움츠러들며 내가 내 직업을 무시했고, 작아지는 자존감을 방치했다.

물론, 지금은 어떤 말을 들어도, 어떤 비뚤어진 시선을 보아도 아무렇지 않다. 그들이 나를, 내 직업을 부정한다 해도 나는 이미 떳떳하게 존재하는 사람이다. 무속인으로 산 10년이 훌쩍 넘는 시간은 내 직업의 가치와 보람을 내게 알려주었다. 타인의 눈에는 탐탁지 않게 보일 수도 있지만, 누군가에게 희망을 전해줄 수 있는 이 일을 나는 아끼고 사랑하게 되었다. 이 일로 꾸려지는 내 삶을 사랑하고 있다.

처음 무속인이 되었을 때는 가장 낮은 차원의 삶에 접어들었다고 생각하며 스스로를 무시했다. 하지만 시간이 지나며 알게 된 사실은, 내가 제대로 깨어 있기만 하다면 타인이 나를 어떻게 평가하든 상관없다는 것이다. 자신의 삶에 보람을 느끼고 있다면, 타인의 평가를 무시할 수 있는 강단이 생긴다. 우리는 누군가의 시선을 위해 살아가는 존재가 아니다. 철저하게 나 자신으로 살아가면 된다. 인생의 가장 큰 의무는 온전하게 나 자신이 되어서 당당하게 살아가는 것, 그뿐 아닐까.

그 기도터에 다녀온 후, 할머니께서는 고맙다며 텃밭에서 기른 가지와 호박이 담긴 보따리를 들고 다시 찾아오셨다. 수년 동안 연락이 없던 아들에게서 전화가 왔다고 했다. 아들은 그동안 미안했다며, 2주 전에 다른 회사로 이직을 했으니 월급을 받는 대로 양육비를 보내겠다고 했단다.

그 이야기를 듣고 나니, 누군가의 눈에 내가 사탄으로 보여도 상관없다는 생각이 들었다. 누군가 나로 인해 걱정을 덜 수 있다면, 나는 그거면 됐다.

첫인상이라는 오해

독일의 철학자 쇼펜하우어는 이런 말을 했다.

"사람의 성격과 진실은 첫인상에서 가장 잘 볼 수가 있다. 두세 번 보는 얼굴에서는 이미 그것을 알아내기가 어렵다. 첫인상의 기억을 잊지 말고 대하면 대개 정확하다. 그러므로 첫인상의 기억을 잊지 않기 위해서 기록이라도 해둘 필요가 있다. 사람은 입으로 거짓말을 하지만 얼굴은 거짓말을 모른다."

감히 말하건대, 나는 이 말에 동의할 수가 없다. 첫인상은 거의 10초 안에 만들어진다고 한다. 10초 만에 완성된 한 사람의 이미지를 믿어야 할 이유가 있을까? 관상을 볼 때도 그 사람을 자세히 읽기 위해서는 최소 30분은 분석을 해야 하는데 말이다.

물론, 누군가를 처음 만났을 때 첫인상이 좋으면 호감이

갈 수밖에 없다. 그리고 꽤 많은 사람이 첫인상의 판단을 신뢰한다. 우리는 첫인상이 좋았던 사람들이 나쁜 행동을 하면 그럴 만한 이유가 있을 거라고 생각하는 데 반해, 첫인상이 좋지 않았던 사람이 선한 행동을 하면 무슨 꿍꿍이가 있는 건 아닌지 살핀다.

첫인상 형성에 가장 큰 영향을 주는 건 외모와 복장 그리고 말투일 것이다. 한눈에 들어온 고작 이런 것들로 우리는 누군가의 내면을 추측한다. 하지만 첫인상은 한마디로 추론이다. 논리적이고 정확한 판단이 될 수 없다.

사람의 내면에는 외향이 없기 때문에 우리는 누군가를 보자마자 그의 내면이 어떤지 파악할 수 없다. 그래서 사람을 판단하는 데는 약간의 시간이 필요하다. 조급한 마음은 버려야 한다. 첫인상에 의존하는 것은 너무 많은 오류의 가능성을 열어두는 셈이다. 지금까지 첫인상이 좋아서 호감을 느꼈던 사람 중에 처음의 판단과 다르지 않은 사람이 얼마나 되는지 생각해보라. 그럼 그 위험에 대해 더욱 실감할 수 있을 것이다.

우리는 첫인상이 좋은 사람에게 너무 관대하다. 막연하게 믿고 기대한다. 심지어 그런 사람에게 저자세의 모습을 보이기도 한다. 선입견이나 편견을 가진 채, 애초부터 잘못된 관계를 설정한다.

우리는 보고 싶은 대로 보고, 생각하고 싶은 대로 생각한다. 상대의 첫인상이란, 한순간 내가 인지하고 받아들인 일차원적인 것에 불과하다. 누군가를 처음 만난 순간, 내가 기분이 나쁘거나 컨디션이 좋지 않을 수도 있다. 기분이 좋을 때는 상대의 무뚝뚝한 표정도 별다르지 않게 받아들일 여유가 생기지만, 그렇지 않을 때는 큰 웃음소리에도 짜증 날 수가 있다. 그러므로 순간의 판단으로 만들어지는 첫인상에 큰 의미를 둘 필요는 없다.

첫인상이 좋은 사람을 무조건 의심하라는 것은 아니다. 첫인상이 좋다는 착각으로 받아들였던 필요 이상의 목소리에서 해방되자는 것이다. 첫인상이 좋지 않은 사람을 무턱대고 배척하는 것도 위험하다. 예의가 없어 보이고, 자기 관리도 하지 않을 것 같은 사람은 누구에게도 환영받지 못한다. 하지만 그것 역시 첫인상일 뿐이다. 무례하고 무능한 줄 알았는데 알면 알수록 진국인 사람들도 있기 마련이다. 그러니 누군가와 처음 만나 관계를 시작할 때에는 모난 시선보다는 둥근 시선으로 상대를 바라보는 건 어떨까.

어쩌면 우리는 그동안 겉만 보고 결정한 인간관계에서 수많은 귀인을 놓치고, 소중한 목소리를 듣지 못한 채 살아왔는지도 모른다. 첫 대면에서는 미처 볼 수 없었던 상대의 장점을 다음 만남에서 알게 될 수도 있다. 내 머릿속에 각인된 첫인상의 이미지를 허물면, 비로소 상대의 본질로 들어갈 수 있다. 겉으로 보이는 외형에서 자유로워야 내면의 진심을 볼 수 있는 것이다.

아주 아이러니한 이야기겠지만, 상대를 첫인상으로 쉽게 판단하지는 말되 우리는 타인에게 좋은 첫인상을 남길 수 있게 관리를 해야 한다. 약 10초 만에 만들어진 첫인상을 바꾸기 위해서는 무려 40시간 이상의 만남이 이루어져야 한다는 연구 결과를 본 적이 있다. 이는 첫인상이 좋으면 여러 상황에서 유리한 출발선에 서게 된다는 말이기도 하다. 원만한 사회생활을 위해, 지혜로운 인간관계를 만들기 위해 첫인상을 관리하는 건 어쩔 수 없이 필요하다.

타인에게 좋은 첫인상을 주기 위해 가장 중요한 것은, 뻔하지만 미소 띤 얼굴이다. 미소 띤 얼굴로 가벼운 인사와 함께 긍정적인 말 한마디를 건넨다면, 분명 좋은 인상을 남길 것이다. 또 평소에도 밝고 건강한 생각을 하는 것이 필요하다. 그 생각들이 얼굴에 반영되어 맑은 인상을 만든다. 사람은 생긴 대로 사는 게 아니다. 사는 대로 얼굴이 변화하는 것이다.

좋건 싫건 첫인상과 외형적인 매력은 인간관계를 구축하는 데 중요한 역할을 한다. 자신의 첫 이미지와 매력을 만들어가는 것은 스스로의 몫이고, 준비하는 만큼 효과는 나타날 것이다. 그러면서도 만들어진 타인의 첫인상에는 속지 말아야 하니, 어찌 보면 다소 괴상한 논리일 수도 있다. 하지만 이것이 우리를 둘러싼 인간관계의 한계이자 딜레마가 아닐까? 그러니 지금, 첫인상 관리를 잘하고 있는지, 상대를 둥근 시선으로 바라보고 있는지 점검해보자. 이는 좋은 인간관계를 위해서 우리가 할 수 있는 최소한의 노력이다.

지금 당신이 있는 그곳이 명당

우리 사회에서 풍수지리를 향한 시선은 다소 이중적이다. 미신으로 취급하면서도, 그 의미를 아예 부정하지는 못한다. 이사를 할 때, "이 집터가 좋은지 전에 살던 사람도 잘돼서 나갔다"라는 말을 들으면 은연중에 새로운 시작을 기대하게 된다. 심지어는 풍수에 좋은 실내장식, 풍수에 좋은 그림, 풍수에 좋은 식물 등 생활 전반에 걸쳐 좋은 기운을 얻기 위해 애쓴다.

오래전부터 건축 분야에서도 나름의 방법으로 풍수를 해석하고 있다. 태양을 중심으로 건물의 방향, 입구의 위치나 크기를 정하는 것도 풍수에 기반한 것이다.

풍수의 기본 논리는 땅의 기운, 즉 땅속을 돌아다니는 맥의 경로를 따르는 것이다. 이 맥을 사람이 접하면 복을 얻고 화를 피한다고 한다.

세상 만물 중 땅의 힘을 빌리지 않는 것은 없다. 사람의 몸도 혈관을 통해 영양소와 산소를 공급받는 것처럼, 땅에도 맥이 흐르는 길이 있다. 사람은 땅의 생기 위에서 삶을 영위하고, 그 기운을 얻으며 살아간다. 그렇기에 풍수에서는 맥이 맑으면 귀하고, 탁하면 천하며, 길하면 안녕하고, 흉하면 위급하다고 말한다.

이런 풍수가 사회 전반적으로 자리 잡은 시기는 조선시대였다. 그때의 양반들은 낮에는 유교를, 밤에는 풍수를 공부하고 토론했다. 풍수에서 산은 인물을 키우고 물은 재물을 창출한다. 조선시대 양반들은 대대손손 부귀영화를 누리기 위해, 집터나 조상의 묫자리를 정할 때 풍수지리를 따랐다. 심지어는 뒷간 위치까지 점쳤다는 우스갯소리도 전해진다.

풍수에 대해 전문적인 관심을 갖기 전, 나에게는 의문점이 하나 있었다. 집터와 조상의 묫자리가 풍수적으로 좋은 곳에 있으면 자손들이 부귀공명을 한다는데, 그럼 한 집안의 형제들은 모두 잘되거나 모두 못되는 것이 맞지 않는가. 그런데 형제 중 누군가는 승승장구하지만, 개중에는 유달리 풀리지 않는 사람도 있다. 왜 똑같은 명당을 둔 자손들도 누구는 덕을 보지만 누구는 전혀 보지 못하는 걸까.

많은 명당 터를 직접 보고 접하며 다양한 경험을 쌓고 나서야 나는 나름의 답을 내리게 되었다. 풍수의 기본 원리도 중요하지만, 결국 길지(후손에게 좋은 일이 생기게 되는 땅)를 내려주는 것은 하늘의 영역이다. 그리고 하늘이 좋은 땅을 점지해줬다 한들, 땅의 기운과 그곳에 사는 사람 간의 합 역시 중요하다.

세상의 모든 좋은 터는 하늘과 땅에 흐르는 기운이 맑은 곳에 있다. 하지만 그곳이 명당이라는 이름을 얻기 위해서는, 그 기운에 걸맞을 만큼 인품이 훌륭하고 사주가 좋은 사람이 살아야 한다. 묫자리도 마찬가지다. 좌청룡 우백호, 음양오행과 기운을 따지며 묘를 써도 그곳에 누울 망자가 살아생전 덕을 쌓지 못하고 욕심만 가득했다면, 아무리 좋은 자리도 무용지물이다. 한마디로 좋은 터에서 살고 조상의 묫자리가 좋다고 해서 후손이 성공하는 것이 아니라, 대대손손 덕을 많이 쌓은 조상을 둔 올바른 자손들에게만 하늘이 땅의 기운을 받게 해주는 것이다. 그래서 세상에 좋은 터는 많지만, 명당이라는 이름의 땅은 많지 않은 게 아닐까.

그러니 좋은 터를 찾는 것보다 중요한 것은, 내가 어떻게 살아가느냐의 문제이다. 영원한 운을 지닌 사람은 이 세상에 없듯, 영원히 변하지 않는 명당도 없다. 아무리 풍수지리적으로 완벽한 장소라고 하더라도 그 위에서 살아가는 사람이 탐욕스럽고 부정한 일을 한다면 기운 좋던 명당도 결국은 쇠퇴하고 곧 죽은 땅이 된다.

　수년 전, 나는 한남동에 살다가 더 좋은 집을 찾아 삼성동으로 이사를 했다. 옮긴 집은 예전보다 더 넓었고 화려했다. 그런데 이사한 첫날 밤, 꿈에서 신령님이 화가 아주 많이 난 얼굴로 내게 호통을 치시는 게 아니겠는가.

　"여기가 어디라고 함부로 들어와! 집 저만치 선릉에는 조선 9대 왕 성종의 묘가 있고, 집 바로 앞의 봉은사 절에는 부처님이 계시지 않느냐. 여긴 만신령이 편하게 앉기에 절대 좋지 않다."

　이 예사롭지 않은 꿈을 꾼 후에도, 현실적으로 바로 이사를 결정하는 건 어려운 일이라 몇 년을 그곳에서 살았다. 그러는 동안 굉장히 힘든 일들을 겪었고, 많던 손님들도 다 끊기고 말았다. 다시 한남동으로 이사를 온 후에야 단골들이 돌아왔으니, 그때 내가 무속인은 삼성동 봉은사 절 앞에서 사는 걸 피해야 한다고, 풍수적으로 좋지 않다고 생각한 것도 당연했다. 하지만 후에 놀라운 사실을 알게 되었다. 내가 살던 삼성동 건물에 아주 유명한 무속인이 한 명 더 있었던 것이다. 그는 그곳에서 엄청난 부를 축적하며 승승장구하고 있었는데, 그 집으로 이사한 후에 일이 더 잘 풀렸다고 한다.

　나의 사례만 봐도 알 수 있듯이, 모든 사람에게 동일하게 좋은 터란 존재하지 않는다. 개인의 사주와 땅의 궁합이 맞아야만 한다.

　나를 찾은 손님 중에는 간혹 "반지하에 살면 풍수적으로 나빠요?"라고 묻는 분들이 있다. 그때마다 나는 이렇게 답한다.

　"햇빛 구경 한번 하지 못하고 시원한 비바람 한줄기 만나보지 못한 나무뿌리도 무성한 잎을 만들고 열매를 맺고 때가 되면 지친 사람들에게 그늘을 내어줍니다. 풍수는 분명히 존재합니다만, 담 높은 저택에 산다고 해서 모두가 성공한 인생인 것도, 대대손손 부귀영화를 누리는 것도 아닙니다. 반대로 조금 불편한 곳에 산다고 해서 출세하지 못하고 명예를 떨칠 수 없는 건 아닙니다."

　좋은 풍수는 지역이나 집만의 문제가 아니다. 더 좋은 삶을 위해 끊임없이 노력하는 내가, 그런 나와 잘 맞는 땅을 만날 때 비로소 좋은 풍수가 완성되는 것이다. 그러니 지금 사는 곳에서 마음이 편하고 무탈하다면, 당신이 있는 그 모든 곳이 명당인 셈이다.

약점을 극복하는 법

누구에게나 약점은 있다. 신체적인 것이든, 내적인 것이든 모두가 약점 하나쯤은 가지고 있을 것이다. 약점의 사전적 의미는 '모자라서 남에게 뒤떨어지거나 떳떳하지 못한 점'이다. 때때로 그 약점은 자신에게 불안한 요소가 되어 열등감과 자격지심을 불러일으킨다.

아무리 완벽한 사람일지라도 스스로 느끼는 사소한 약점이 하나쯤은 있다. 즉, 누구나 약점이란 단어를 품고 사는 셈이다. 그러나 자신의 모자란 부분을 받아들이는 심리적, 행동적 방법은 사람마다 차이가 크다.

모두가 약점 하나쯤은 있는 것처럼, 누구에게나 강점도 있다. 당당하게 살기 위해서는 약점을 감추지 말고 강점을 부각해야 한다. 하지만 어떻게 하면 자신의 강점을 내세울 수 있을지, 그 방법을 알지 못하는 경우가 많다. 그래서 나는 한 가지 노하우를 공유하려고 한다. 아무리 노력해도 내 약점만 보인다면, 소박하게나마 자기 철학을 세워보는 것이 좋다.

여기서 '철학'이라 함은 거창한 것이 아니다. 삶을 효과적으로 살아가기 위한 기준을 말하는 것이다. 자기 철학은 과학처럼 단시간에 생활의 변화를 끌어내지는 않는다. 또 종교처럼 생활에 규율을 만들어주지도 않는다. 다만, 확고한 자기 철학이 생기면 정체성과 방향성이 성립되고 이로 인해 삶에 조금씩 변화가 찾아오기 시작한다.

예를 들어 '나에게 성공이란 무엇인가?', '내 삶에서 제일 중요하게 생각하는 것은 무엇인가?' 같은 질문을 스스로에게 해보는 것이다. 인생을 살아가는 데 꼭 필요한 물음을 던지고 그에 대해 답하다 보면 나 자신과 깊은 대화를 나누게 된다. 나 자신에게 나만큼은 솔직해져도 괜찮다. 그렇기에 자기 철학을 세우는 과정은 우리가 스스로의 약점을 인정하고 그것을 다시 정확하게 보는 계기가 된다. 또, 이를 극복하는 방법을 스스로에게 제안함으로써 해결책을 찾게 한다. 그 결과, 약점을 보완하고 강점을 부각하는 방법을 깨달으며 삶의 주도권을 잡게 된다.

서른세 살의 남자 손님이 찾아온 적이 있다. 그는 오랫동안 교제한 여자 친구와 결혼을 약속한 상태였다. 여자 친구의 부모님께 인사를 드리기로 했지만, 날짜가 다가올수록 걱정이 태산이었다. 그가 생각하기에 자신의 집안과 여자 친구의 집안이 너무 차이가 나는 것 같았기 때문이다. 여자 친구의 아버지는 공무원이고 어머니는 탄탄한 중소기업을 운영하고 있었다. 다복하고 화목한 가정의 막내딸이라 티 없이 자랐다고 한다. 그에 반해 남자의 아버지는 11년 전에 돌아가셨고 어머니도 4년 전에 세상을 떠났다. 하나뿐인 형은 결혼 후 1년 만에 이혼하여 혼자 살고 있다고 했다. 이런 가정사를 다 말해도 여자 친구의 부모님이 결혼을 허락할지, 남자는 우려했고 자신의 집안 사정에 대해 숨기고 결혼하는 것까지도 생각하고 있었다.

거짓으로 만들어진 인간관계는 절대로 튼튼할 수 없고 행복할 수도 없다. 자신을 부정하는 행동이야말로 누구에게도 환영받지 못한다. 남자는 자신의 강점을 덮고 약점으로 모래성과 같은 허술한 탑을 쌓으려고 하고 있었다.

물론 여자 친구 집에서 그의 가정사를 탐탁지 않게 생각할 수도 있다. 하지만 그 남자 자체로 본다면 나무랄 데가 하나도 없는 사람이었다. 20대에 5급 공무원 시험에 합격한 인재ㅅ才였고, 자기 관리도 철저히 하고 있었다. 부모님을 일찍 여의면서도 학업에 충실해서 결국 자신이 원하는 직업을 갖게 되었으니, 있는 그대로의 모습만으로도 누구에게나 훌륭한 청년으로 보일 터였다. 그런 강점을 부각하면서 여자 친구 부모님께 당당하고 겸손한 모습으로 인사하면 되는 거였다. 자신의 잘못이 아닌 것을 약점으로 생각하고 감추려 애쓰다 보면, 상대는 오히려 그런 모습을 불안하고 어리숙하게 본다. 어느 부모가 믿음이 가지 않는 사람과 금쪽같은 막내딸을 결혼시키려 할까.

내 잘못이 아닌 일까지 끌어다가 자신의 약점으로 삼는 것은 겸손이 아닌 어리석음이다. 자신의 직접적인 결함과 환경적으로 생긴 문제는 차원이 다르다. 어쩔 수 없이 주어진 불행을 자신의 문제로 삼는 것은 가장 못난 행동이다.

'삶은 돌이킬 수 없는 단 한 번의 위대한 실험'이라는 글을 본 적이 있다. 그 실험을 무사히 완수하기 위해 우리에게 꼭 필요한 것은 당당한 용기다.

약점을 인정하고 극복하려는 의지를 갖는 것은 하나의 용기다. 자신의 나약함에 대해 누군가로부터 위로받겠다는 것이 아니라, 나 스스로 이겨나가겠다는 진취적인 행동이기 때문이다. 자신이 처한 상황을 두려워하며 본인이 가진 다른 능력들을 보려 하지 않는 것은 나약한 인생으로 전락하는 것이다. 자신의 약점에 짓눌린 사람들은 때때로 "나는 다른 사람에 비해 아무것도 가진 게 없어"라고 말을 하며 스스로를 비하한다. 스스로를 존중하지 않는 사람은 결코 타인에게도 인정받을 수 없다. 우리가 세상의 인정을 받기 위해 태어난 것은 아니지만, 누구도 가치를 알아주지 않는 삶은 고통스럽기만 하다. 어떻게 보면 내 매력이 될 수도 있는 약간의 약점을 치명적인 허점으로 포장해 평생 위축되어 살지, 다른 충분한 장점들이 있으니 이 정도 약점은 인간적인 것 아니냐고 웃어넘기며 당당하게 살지, 그것을 결정하는 것은 본인이다. 자신의 약점 때문에 비겁해진 마음은 그 무엇으로도 대처할 수 없다. 세상의 많은 것은 양보해도, 당당한 자신의 모습만은 양보하지 말아야 한다.

애초에 완벽한 사람은 세상에 없다.

모든 직업에는 사연이 있다

세상에는 많은 직업이 존재하고, 직업마다 그것만의 무게감이나 고충이 있다. 그런 이유로 우린 종종 직업적인 슬럼프에 빠지기도 한다. 나라고 그걸 피해 갈 수는 없다.

무속인으로 살아간다는 것은 매시간 긴장을 해야 된다는 뜻이기도 하다. 나의 잘못된 판단으로 타인의 소중한 인생에 오점을 만들지는 않을까, 노심초사하지 않고 조심하지 않은 날이 없다. 다른 일은 하면 할수록 능숙해진다는데, 점을 친다는 것은 아무리 해도 익숙해지지 않는다.

이렇게 무속인으로 산 지도 벌써 10년이 훨씬 넘었다. 이제는 이 직업에 '익숙해진다'라는 것이 불가능하다는 걸 받아들었다. 다양한 사람을 만나 그들의 아픔, 슬픔, 기쁨을 들어야 하는데 어떻게 그 각각의 사연을 노련하게 대할 수 있겠는가. 그 대신 한마디를 전하더라도 그들에게 꼭 필요한 말, 들을 때는 아프더라도 시간이 지나면 무릎을 '탁' 칠 수 있는 말을 하고 싶다는 욕심이 생겼다. 그것이 이 직업의 이유이자 의의라고 생각한다.

오래전, 그러니까 이 일을 시작하고 얼마 후, 나는 크나큰 슬럼프에 빠진 적이 있다. 남들은 직장 생활을 오래 하다 보면 허탈감과 무력감이 크게 찾아오곤 한다던데, 나는 그게 좀 빨랐다. 아직 애동제자의 티도 못 벗던 때였고, 내가 무속인이 되었다는 사실을 여전히 잘 받아들이지 못하고 있던 때였다.

나에게 슬럼프를 안긴 사건은 아주 예민한 문제를 다룬다. 그렇기에 이 일을 고백해야 할지 여러 번 고민했다. 아무 말도 하지 않으면 아무도 모를 텐데, 왜 굳이 이 민감한 사안을 말하려고 하는가. 답은 하나였다. 이 사건은 내 직업 생활에서 가장 큰 위기 중 하나이기도 했고, 직업에 대해 가장 의문점 많던 시절의 나에게 큰 고뇌를 안겨주기도 했다. 그렇기에 지금의 나를 설명하려면 꼭 이야기해야만 한다.

나는 사람들의 자기 결정권을 존중한다. 그것을 부정하는 것이 아니다. 내가 낙태나 성형에 관해 이야기한다는 것은 누군가를 불편하게 만들 수도 있다. 안다. 그럼에도 나는 이 이야기를 꼭 해야겠다. 자신을 더 사랑하라는 뜻으로 이해해주면 좋겠다는 바람을 담는다.

내가 애동제자일 때, 나를 찾아온 상담자가 있었다. 그녀는 성형외과에서 양악 수술을 할 예정이었다. 그런데 수술 날짜를 잡은 날부터 똑같은 악몽을 꾼다고 했다. 처음에 꿈 이야기를 들었을 때는 쉽지 않은 수술을 앞두고 있어서 심리적인 압박을 받는 것인가 싶기도 했다.

꿈에는 몇 가지 유형이 있다. 그중에는 평상시의 불안한 심리가 꿈으로 이어지는 '의식의 꿈'과 완전한 무의식중에 꾸게 되는 '예지몽'이 있다. 무속에서 진지하게 해결책을 마련하는 건 예지몽일 경우다. 그 손님이 반복적으로 꾼다는 악몽의 실체를 파악하기 위해서 이런저런 이야기로 상담을 진행하던 중, 그녀의 몸에서 뜻밖의 형상이 보이기 시작했다. 세상에 태어나지 못한 채 죽음을 맞이한 낙태아의 영체(혼)였다. 그것도 하나가 아니라 둘이었다. 사람은 영체로 세상에 내려와 모체를 통해 육체를 얻는다. 낙태를 하면 완전한 육체를 얻지 못하다 보니, 영체인 채로 모체의 배 속에 머무는 경우가 생긴다. 그 상담자의 몸에 영체가 머문 지 오래된 것 같지 않아서 조심스레 최근에 낙태한 적이 있냐고 물었더니 그녀는 깜짝 놀라며 4개월 전 낙태 수술을 했다고, 쌍둥이였다고 고백했다.

세상에 태어나지 못한 낙태아의 한과 고통이 이 세상을 살다 죽은 망자들의 그것보다 더 큰 경우를 자주 목격한다. 그한 때문에 부부간이나 연인 사이의 애정에 문제가 생기기도하고, 삼신三神(옥황상제의 명을 받아 인간 세상에서 출산을 돌보는 신)의 역정을 사면 다음번 임신이 어려워지기도 한다. 가장 큰문제는 낙태아의 혼이 엄마의 배 속에 머물다가 그 후에 태어날 아이의 몸으로 옮겨 가는 것인데, 그럴 때에는 아이가성장하면서 많은 문젯거리가 생긴다. 이런 모든 안 좋은 상황을 일컬어 '자궁살이 든다'라고 하는데, 이 상담자는 자궁살이 크게 든 상태였다. 그것이 그녀가 매일 꾸는 악몽의 이유임을 직감한 나는 이런 상황에서 양악 수술은 너무 위험하다고 말했다.

나는 그녀에게 수술을 취소하라고 강력히 권했고, 시일이좀 지난 후에 수술 날을 잡아주겠노라고 약속했다. 그러나외모 때문에 늘 스트레스를 받았다는 그녀는 유명한 성형외과 의사에게 어렵사리 예약했다며 계획대로 하겠다고 고집했다. 위험하다고 강조하며 거듭 만류했으나, 그녀는 내 말을들을 생각이 전혀 없는 것 같았다. 하는 수 없이 나는 내가 느끼고 본 것이 틀렸기를 바라며, 다른 무속인도 한번 찾아가보라고 권하는 것으로 그날의 상담을 끝낼 수밖에 없었다.

며칠 뒤, 그 상담자가 다시 찾아왔다. 다른 무속인들도 나와 똑같은 점괘를 내놓았다는 것이다. 그 과정에서 무슨 말을 들은 건지, 수술 전에 낙태아를 위한 천도제를 지내고 싶다고 했다. 하지만 내게는 그녀의 악몽이 천도제로 해결될 문제 같아 보이지 않았다. 충분한 애도의 시간을 가진 후에 낙태아의 영체를 보내주어야 했다. 다시금 설득이 시작되었다. 당장 천도제를 해줄 수는 없다고 몇 번을 거절했지만, 그녀는 집요했고 계속 거절해봤자 또다시 찾아올 것 같았다. 결국 나는 내키지 않는 그 일을 마지못해 승낙했다.

급히 천도제 일정을 잡고, 촉박하지만 간절하게 낙태아의 영혼을 무속 의식으로 풀어냈다. 그리고 얼마 후, 그 상담자는 수술실로 들어갔다. 나는 여전히 불안했고 모든 것이 위태롭게만 느껴졌다. 하지만 내가 할 수 있는 일이라고는, 수술 전날 그녀에게 전화해 수술이 끝나고 통증이 좀 가시면 경과를 말해달라고 당부하는 것밖에 없었다.

열흘이 지나도 그녀에게서는 아무 연락이 없었다. 무소식이 희소식이니 괜찮을 거라고 생각은 했지만, 신경이 온통 그 상담자의 안위에 쏠려서 도저히 다른 손님들에게 온전히 집중할 수가 없었다. 내가 먼저 연락할 수도 있었지만, 혹시나 수술 중에 무슨 일이 생겼다는 것을 듣게 될까 봐 두려웠다. 내 머릿속은 수술을 더 강력하게 말렸어야 했다는 후회로 가득했다. 나의 잘못된 판단과 짧은 신통력으로 귀한 생명을 다치게 한 것일 수도 있다는 생각에 하루하루가 지옥과도 같았다. 연락이 안 오는 날이 길어질수록 나는 참담해졌고, 도무지 다른 일이 손에 잡히지 않아 수개월 전부터 예약되어 있던 모든 상담 일정까지 취소해야 했다.

그렇게 17일이 지난 날, 한 통의 문자가 도착했다.

'수술 후 10일 동안 의식을 찾지 못했습니다. 지금은 조금 안정된 상태이지만, 병원에서는 아직도 불안하다고 합니다. 기도를 부탁드립니다.'

애타던 것이 조금은 누그러지는 듯한 마음도 잠시였다. 뭔가 실타래가 점점 꼬여가는 느낌이 들기 시작했다. 그 상황을 타개하기 위해 내가 할 수 있는 유일한 일은 그 상담자가 빨리 회복되기를 바라는 기도를 올리는 것이었다. 나는 며칠 내내 신령님께 그녀가 잘 회복되기를 빌고 또 빌었다. 그 기도는 간절하고 절실했지만, 하늘의 뜻을 바꿀 만큼은 아니었던가 보다. 며칠 후 아주 늦은 밤, 또다시 한 통의 문자가 왔고 내 몸은 완전히 굳어버렸다.

'수술한 곳에 심하게 부작용이 생겼습니다. 지혈이 되지 않아 응급실로 들어갑니다. 혹시 제가 잘못되면 어머니께 알

려주세요.'

알아보기 힘들 정도로 많은 오타는 그녀가 얼마나 어려운 상황인지 알 수 있게 해주었다. 뭐라도 해야 했다. 나는 바로 서울 근교에 있는 감악산 기도터로 향했다. 섣달 겨울밤 추위가 맹위를 떨치는 날이었지만, 한 사람을 살려야 했다. 깊은 밤이라 재물도 제대로 챙기지 못해 초 두 자루와 향 한 통, 옥숫물로 바칠 작은 생수 한 통이 고작이었지만, 기도는 그 어느 때보다 간절했다. 나는 그녀가 꼭 회복되기를 바라며 두 손을 모아 빌고 또 빌었고, 살려달라고 애타게 부르짖었다. 밤이 어떻게 지났는지, 어느덧 동이 텄다. 무서운 한파 때문에 손발에는 감각이 없었고, 바위 앞에 올려둔 옥숫물에는 살얼음이 끼었다. 한겨울 산속이 어찌나 추웠는지 작은 고양이 한 마리가 어느새 내 몸에 꼭 달라붙어 온기를 구하고 있었다. 나는 그렇게 며칠을 더 산을 찾았다. 그러나 연락은 더 이상 없었고, 그녀가 이 세상 사람이 아닐 수도 있겠다는 느낌마저 들기 시작했다.

인생이란 내가 생각한 대로 흘러가지만은 않는다는 걸 이미 너무 잘 알고 있었지만, 그때만큼은 꼭 내 바람대로 되기를 간절히 기원했다. 나는 온갖 후회와 죄책감 속에 있었다. 상담자가 찾아왔을 때 왜 더 강하게 말리지 못한 건가. 안 좋은 것을 풀어내기 위해 시간과 돈을 들여 굿까지 했는데 왜 이런 일이 생긴 건가. 모든 것이 혼란스러웠다. 한편으로는 이기적인 생각까지 했다. 이 모든 일이 내 뜻과 상관없는 당사자의 결정 아니던가. 그렇게 자책감과 자기 합리화 사이를 오가며 또 보름이라는 시간을 보냈다. 여전히 그녀로부터 연락은 없었고, 나도 전화를 하지 못했다. 혹시나 안 좋은 소식이라도 전해 들으면 지금보다 더 나약해지고 작아지는 내 모습을 발견하게 될 것 같아 겁이 났다.

무속에서는 세상 모든 부정을 가리켜 '천 부정 만 부정'이라는 말을 한다. 그 모든 부정 중 가장 안 좋은 첫 번째가 말부정이고, 두 번째가 상갓집을 잘못 다녀오면 드는 상문 부정, 세 번째가 사람을 잘못 만났을 때 드는 인간 부정, 네 번째가 보지 말아야 하는 피를 보는 피 부정이다. 이 말대로라면 낙태는 참으로 큰 부정을 저지르는 것이다. 그렇다고 해서 내가 모든 낙태를 다 반대하는 것은 아니다. 다만, 낙태를 할 때는 정말 신중하기를, 낙태 후에는 충분한 애도의 시간을 가지기를 진심으로 부탁한다.

또한, 이 모든 것은 여자 혼자만의 문제가 아니다. 상담을 하다 보면, 현실적이든 도덕적이든 여자 혼자만 견뎌내고 있는 것처럼 보일 때가 많다. 진실은 분명하다. 책임은 남녀가 함께 나눠야 한다. 내리는 거친 비는 여자 혼자만의 몫이 아니다. 이 순간에 가장 힘든 사람은, 누구보다 보호받아야 할 사람은 어려운 선택을 한 여자다. 영원히 내리는 비는 없다. 그녀의 마음에 다시 햇볕이 날 때까지 남자는 정성을 다해야 한다. 그 누구의 미래도 다치지 않도록 말이다.

한 가지 더 당부하자면, 성형수술도 조금 더 조심스럽게 선택하기를 바란다. 요즘은 성형이 너무 흔해졌고, 그만큼 많은 사람이 이에 대해 별거 아니라고 생각하는 듯하다. 물론 콤플렉스가 크면 마음의 병이 된다는 걸 알기에 자신감을 되찾는 방법으로 나쁘지 않다고 생각하지만 중독되어서는 안 된다. 자신에 대해 긍정하는 힘을 갖지 않으면 아무리 성형을 해도 결코 만족할 수 없다. 또 성형은 사람의 관상을 좋게 만들 수는 없지만, 좋은 관상을 꺾어버릴 수는 있다. 잘못된 성형은 길한 사주를 한 번에 꺾는 최악의 상황을 만들기도 한다.

10년이 지난 지금도 그때를 생각하면 마음이 무겁다. 그 일이 있고 얼마 되지 않아 설 연휴가 찾아왔다. 마음이 온통 만신창이였던 나는 이 사건에 대해 신령님을 탓하는 지경까지 되었는데, 간절한 바람에 응답해주지 않은 것을 원망하며 신의 존재에 대한 믿음까지 약해진 상태였다. 결국 신령님 앞에 떡국 한 그릇조차 올리지 않았다. 참 모자라고 한심한 애동제자의 모습이었지만, 그때는 그럴 수밖에 없었다.

스트레스가 극에 달한 나는 다시 정신과 치료를 받기 시작했다. 몇 차례나 진료가 이어졌지만, 조금도 나아지지 않고 끝없이 자책하고 힘들어했다. 그런 나를 한순간에 번쩍 정신이 들게 한 건, 의사 선생님이 툭 하고 던진 말이었다.

"지금 병원 대기실로 가서 거기 앉아 있는 환자들 좀 보고 오세요. 저 사람들 대부분은 내가 명의라는 소문을 듣고 찾아왔습니다. 결론부터 말할까요? 나는 저 환자들을 모두 낫게 할 수 없습니다. 저들 중 많아야 70퍼센트나 완치하게 되겠죠. 그렇다면 저는 제가 낫게 하지 못한 30퍼센트의 환자 때문에 이 일을 그만두어야 합니까? 모든 환자를 낫게 하지 못했으니까 저는 사기꾼인 걸까요? 아니요. 저는 완치하는 70퍼센트의 사람을 위해 더 열심히 할 겁니다. 더 많은 환자를 낫게 하는 데 힘쓸 거예요. 그게 제가 의사 가운을 입고 이 자리를 지켜나가는 이유입니다. 증상이 호전되지 않는 사람이 있다고 해서, 나머지 완치 가능한 환자를 포기할 수는 없으니까요. 모든 직업인이 마찬가지 아닐까요? 걱정하고 고민하는 건 괜찮지만, 자책하고 방황하는 건 그만두셨으면 합니다."

그랬다. 나는 지나친 죄책감과 함께 과거에 머물러 있기만 했다. 이렇게 마음의 빗장을 잠그고 살아간다고 한들, 나와 그 상담자의 과거는 아무것도 바뀔 리 없었다. 이미 지나간 시간과 그때의 감정을 끊어내지 못하고 나를 필요로 하는 사람들에게 도움이 되지 못한다면, 그거야말로 내 직업과 나의 가치를 스스로 포기하는 것이었다.

애써서 한 일의 결과가 좋지 않을 때, 어떤 사람들은 나처럼 허탈감에 싸여 주저앉기도 한다. 이미 발생한 일을 미래를 포기할 구실로 둔갑시키고, 그냥 빨리 좌절하는 걸 택하기도 한다. 정신과 의사 선생님의 말씀으로 인해 내가 깨달은 것은, 나의 부족한 부분만 보느라고 뛰어난 점을 미처 보지 못한 채 스스로를 내던지고 있었다는 사실이었다. 내 직업에 대해 스스로 인정하고 있지 않았기 때문에 나의 신념과 의미를 증명하지 못하고 있었던 셈이다.

나는 다시 손님들을 맞이하기 시작했다. 그들의 이야기에 더 귀를 기울였고, 눈을 더 잘 맞추기 위해 노력했다. 마음을 더 잘 들여다보기 위해 애썼고 진심으로 그들을 걱정하고 축복하고 그들의 미래를 기원했다. 그게 바로 내 직업의 보람이었다.

10년도 더 넘는 시간이 지났다. 나는 여전히 그 손님의 연락을 받지 못했고, 지금도 그때를, 그 상담자를 생각하면 마음이 아프다. 언젠가 갑자기 "그동안 잘 지내셨어요?" 하며 그녀에게 연락이 오기를 아직도 바라고 있다.

아홉수는 없다

스물아홉 살에 결혼을 하고 서른아홉 살에 이혼을 한 분이 찾아왔다. 그녀가 결혼할 당시, 어머니는 아홉수에 결혼하면 안 된다며 미루라고 했단다. 그때는 그런 소리가 대수롭지 않게 들렸다. 아홉수에 중요한 일을 시작하면 인생이 사나워진다는 말을 듣고는 "그럼 아홉수에 결혼한 사람들은 다 이혼해? 그때 결혼해서 잘 사는 사람들은 뭐야?" 하고 따지기까지 했다. 그렇게 서둘러 결혼을 했지만, 고작 한 달 만에 불화가 시작되었다. 남편은 매일 술에 취해 늦게 들어왔고, 시댁 어른들은 작은 것 하나까지 간섭했다. 시름이 깊어질수록 아홉수에 결혼하는 게 아니라던 친정어머니의 말이 떠올랐다. 이 모든 게 자신의 실수 같았다.

상담을 온 분은 자신의 섣부른 선택으로 인생이 꼬여버렸다고 하소연했다. 아홉수를 한낱 미신으로 여기고 결혼한 탓에 이혼을 했고, 지난 10년간 자신의 처지가 처량하고 처참하게 바뀌어버렸다며 시간을 되돌리고 싶다고 말했다.

아홉수에는 결혼, 이사, 사업 등을 피하고 항상 조심해야 한다는 말을 한 번쯤은 들어봤을 것이다. 결론부터 말하자면, 아홉수는 터무니없는 궤변에 불과하다.

그렇다면 사람들은 왜 유독 9라는 숫자에 이런 의미를 부여한 걸까. 역학에서는 10년을 한 주기로 본다. 9에서 0으로 넘어가는 전환기의 사람들은 새롭게 시작할 다음 주기에 대해 막연한 기대를 하기도 하지만, 괜한 불안감과 걱정을 갖기도 한다. 아마 이런 이유로 9라는 숫자를 피하게 됐을 것이다.

무속인인 나도 상담을 하다 보면 "이왕이면 아홉수는 피하는 게 좋지 않을까"라는 말을 관행처럼 할 때가 있다. 너무 오랫동안 들어온 말이라, 나 역시도 고정관념에서 벗어나기가 쉽지 않다.

아홉수가 정말 있는 것이라면, 그 숫자를 제외한 나머지 나이에선 고충이 없어야 하는데 과연 그런가. 1부터 0까지, 그 어떤 숫자를 포함한 나이에도 고충은 있다. 반대로 행복도 있다. 지나칠 정도로 하나의 숫자에 집착하는 우리의 마음이 어쩌면 아홉수를 만드는 게 아닐까.

아홉수에 중요한 일을 시작했는데 그게 잘되지 않았다거나 아홉수에 결혼했는데 원만한 생활이 이어지지 않았다면, '아홉수' 탓으로 돌릴 게 아니라 근본적인 문제가 무엇인지를 살펴봐야 한다. 상담 사례처럼 아홉수에 결혼해서 불행이 시작되었다고 단정 짓는 것은 하나의 핑계를 만드는 것에 지나지 않는다. 결혼과 이혼을 아홉수라는 우연의 일치 탓으로 돌릴 게 아니라 자신의 과거를 돌아보고 정확한 원인을 찾았어야 한다.

9가 들어가는 나이는 우리 모두에게 찾아온다. 대한민국에서 태어난 사람들에게는 열아홉 살에 인생의 첫 번째 허들이 찾아온다. 아홉수의 논리대로라면, 열아홉의 학생 모두가 수학능력시험에 좌절해야 한다. 하지만 좋은 성적을 얻어 자신이 원하는 학교, 학과에 진학하는 수많은 학생이 있다. 또, 스물아홉에 결혼하거나 취업하는 수많은 사람이 있다. 이들 중, 행복한 결혼 생활을 이어가는 사람이 그렇지 않은 사람보다 많고, 직장에서 자리를 잡고 인정받는 사람도 많다. 서른아홉에 집을 사거나 회사에서 승진하거나 사업이 번창하는 사람도 있다.

수많은 사람은 아홉수와는 아무 상관 없이 열심히 살아간다. 그들은 숫자에 아랑곳하지 않고 자신의 나이에 맞는 역할을 한다. 긍정적인 생각으로 자신을 개발하면서 견고하게 나이를 먹어간다.

우리는 어떤 일이 틀어지면 무언가를 탓하고 싶어 한다. 만약 아홉수에 결혼하지 않았는데도 결혼 생활이 어려워졌다면, 그때는 아마 조상 탓을 하거나 또 다른 탓할 거리를 찾을 것이다.

대체로 우리는 그 나이에 걸맞은 모습이 있다고 생각한다. 열아홉 살에서 스무 살이 될 때는 성인으로서 그 전과는 달라져야 한다고 다짐한다. 스물아홉 살에서 서른 살이 될 때는 왠지 모르게 책임감을 느끼고 타인의 시선이 더 신경 쓰인다. 서른아홉 살에서 마흔 살이 될 때는 가정적으로나 사회적으로 안정적이어야 한다는 중압감이 생기기 마련이다. 마흔아홉 살에서 쉰 살이 될 때는 노후 준비를 더 착실히 해야 한다는 부담감을 갖는다. 이런 분기점의 나이에 누군가는 지나친 과욕으로 일을 그르칠 것이고, 또 누군가는 일찍이 세워둔 자신의 목표와 지금의 현실을 비교하며 위축되기도 할 것이다. 아홉수라는 오랜 관습은 이래서 생긴 게 아닐까? 심리적으로 어느 때보다 불안하기 쉬운 나이를 더 조심하고 살피면서 지나가라는 우리 선조들의 지혜가 담긴 말은 아닐지 생각해본다.

사람들이 아홉수와 비슷하게 생각하는 것이 삼재이다. 삼재는 아홉수와는 다르다. 일반적으로는 삼재를 각자의 띠로만 판단하고 이때는 무조건 나쁘다고 한다. 그렇다면 삼재인 3년 동안은 그 띠를 가진 모든 사람에게 나쁜 일만 생겨야 하는데, 실상은 그렇지 않다.

삼재는 크게 복삼재, 악삼재, 평삼재 세 가지로 나뉜다. 이 중 우리가 걱정해야 하는 건 악삼재를 지날 때뿐이다.

큰 집을 사고, 원하는 회사에 취직하고, 자식이 생기기도 하는 등 삼재 중에서도 복삼재가 들어오는 사람이 있다. 그리고 대부분은 삼재 중에서도 아무런 문제 없이 평탄하게 지나가는 평삼재를 보낸다. 그런데도 삼재에 대해 자세히 알지 못하는 사람들은, 삼재 동안 아주 작은 일만 생겨도 사주 탓을 하며 안절부절못한다. 우스갯소리 중 '삼재는 눈이 없지만 귀가 달려 있다'라는 말이 있다. 툭하면 삼재를 거론하는 사람은 악삼재가 듣고 찾아가서 붙는다는 것이다. 누군가 웃자고 만든 말이기는 하나, 삼재라고 괜히 걱정하지 말아야 한다는 점에서 기억할 만하다.

물론, 악삼재에 올라탄 소수의 사람에게는 일신상의 큰 문제가 생길 수도 있고, 문제가 생긴 후에 삼재풀이를 하는 것은 한발 늦은 해결책이 될 수도 있다. 명확하게 어떤 삼재인지는 사주를 볼 줄 아는 사람만이 해석할 수 있다. 점집을 수시로 찾아갈 필요는 없지만, 삼재가 시작할 무렵이나 삼재 중에 뭔가 안 좋은 일이 자꾸 생기는 것 같다면 더 늦지 않게 무속인을 찾아가는 것이 좋다. 어떻게든 악삼재는 소멸시키는 편이 낫기 때문이다.

아홉수나, 무조건적 삼재 타령은 아주 오래된 부정적 관습일 뿐이다. 특히 아홉수는 실체도 없는 이야기지만 많은 사람이 이에 대해 걱정을 하고 있고, 이를 이용해 돈을 버는 곳이 있다. 이런 관행들이 우리의 정신과 돈을 갉아먹고 있다는 점을 많은 분이 알았으면 좋겠다. 예전부터 내려온 것을 쉽게 바꾸기란 힘들겠지만, 우리 삶에 손해를 끼치고 있다면 과감하게 거부하고 종지부를 찍어야 한다. 아홉수는 없다.

태몽과 예지몽의 차이

우리는 흔히 다 똑같은 사람이라고 말하지만, 각자에게 주어지는 사주의 그릇 크기는 다 다르다. 그 안에는 건강, 금전, 명예, 출세, 수명 등 각자의 운이 그릇의 크기만큼 담겨 있다. 그래서 같은 부모 아래서 태어난 자식들도 사주가 다르고, 심지어 한날한시에 태어난 쌍둥이들도 사주가 다르다. 한 가지에 열린 박도 두 개로 쪼개지면, 하나는 쌀바가지가 되고 나머지 하나는 똥바가지가 될 수 있다는 우스갯소리처럼 개개인의 운명과 사주는 다를 수밖에 없다. 각자가 가지고 태어나는 사주의 그릇은 신체의 일부와 마찬가지인 셈이다.

   오랜 손님 중, 쌍둥이 형제를 자식으로 둔 어머니가 있다. 일찍이 남편과 사별한 후 사업과 자식에만 모든 정성을 쏟은 분이다. 많은 부를 축적했지만 청렴하게 사셨고, 언행에서는 기품이 느껴져서 늘 멋지다고 생각해왔다. 그분은 아이들도 훌륭하게 길러냈다. 쌍둥이 중 형은 유학하며 박사 학위까지 받았고, 동생 역시 좋은 대학교를 졸업하고 큰 회사에 취직한 재자才子였다. 누구나 부러워할 만한 상황이었지만, 그분에게는 오랜 걱정거리가 하나 있었다. 두 아들을 가졌을 때 꾼 태몽 때문이었다. 쌍둥이 형제의 태몽은 '말 두 마리'였다고 한다. 날개 달린 백마와 화려한 금색 말이 달려와 어머니의 품에 안겼는데, 백마는 가볍고 자유롭게 날며 행복해했지만 금색 말은 금괴에 짓눌려 날개를 펴지 못하고 고통스러워했다는 것이다.

쌍둥이 아들이지만 성격부터 모든 것이 정반대라 어머니는 이미 누가 백마이고 누가 금색 말인지 알고 있었다. 큰아들은 어릴 적부터 이상이 크고 이루고자 하는 바가 거창했다. 그래서 어머니는 그에게 늘 과한 욕심을 내지 말라고 가르쳤다. 또한, 원하는 교육은 다 받게 해줄 수 있지만 그 이외의 지원은 할 수 없다고 아들들에게 오랫동안 말해왔다. 실제로 어머니는 모든 재산을 사회에 환원할 계획이었다.

큰아들이 유학을 마칠 때까지는 모든 상황이 순탄했다. 문제는 그가 귀국해 투자 관련 사업을 준비하면서부터 생겨났다. 그동안 공부만 했기 때문에 자금이 있을 리 없었던 그는 어머니에게 손을 벌렸다. 어머니는 교육 이외의 지원은 하지 않겠다는 결심을 꺾고 싶지 않아 했다. 또한, 사업을 하겠다는 아들의 포부가 태몽과 관련이 있을 것 같아서 근심이 깊었다. 그렇다고 사업 자금을 주지 않자니, 아들과 관계가 틀어질 것만 같아 고민하고 있었다.

내가 본 큰아들의 사주는 어머니의 걱정보다 훨씬 심각했다. 큰아들의 사주 그릇은 세상의 많은 것을 누리고 담기에는 모자란 크기였다. 그릇의 물이 넘치면 주변은 젖기 마련이다. 그릇에 찰랑거리게 물이 가득 차 있다면 또 어떤가. 들고 마시기조차 어렵다. '넘치는 것은 부족함만 못하다'라는 말이 틀린 게 아니다.

사실, 이럴 때 방법이 전혀 없는 것은 아니다. 사업적으로 궁합이 맞는 동업자를 찾아서 서로 일을 분담한다면, 아무 탈 없이 잘될 수도 있다. 혹은, 배우자가 큰 그릇의 사주를 지닌 사람이라 부부 궁합의 운으로 사업을 한다면 상황이 달라질 수도 있다. 그러나 아들은 동업을 생각해본 적도 없었고, 사업을 위해 사주 그릇이 큰 배우자를 찾는 것도 어려운 일이었다.

나는 고민하다가 아들이 결혼하기 전까지는 사업을 하지 않는 편이 여러모로 나을 것 같다는 조언을 했다. 하나, 자식이기는 부모는 없다고 했던가. 결국 그의 어머니는 아들에게 큰 사업 자금을 주고 말았다.

무속인의 관점에서 세상을 바라보다 보면 인간이 할 수 있는 것이라곤 기껏해야 하늘이 허락한 사주 크기만큼의 삶을 살아가는 정도라고 느껴질 때도 있다. 물론, 간혹 부단한 노력으로 타고난 것을 뛰어넘는 사람들도 있다. 우리는 그걸 기적이라고 부른다. 하지만 모두가 기적의 순간을 겪는 것은 아니다. 기적은 항상 우리 곁에 있지만, 그걸 위해 전속력으로 뛰어가면 안 된다. 그러다 보면 어느 순간 멈추지 못해 더 큰 화를 당할 수도 있다. 과한 의욕과 지나친 자신감은 독이 되어 일을 그르치게 하고 도리어 화를 부를 수 있다.

큰아들은 어린 나이에 혼자 미국으로 건너가 최선을 다해 공부했고, 그 결과로 박사 학위까지 받은 뛰어난 청년이었다. 그런 사람이 태몽 때문에 꿈을 미뤄야 한다는 건, 누가 들어도 어이없는 일일 수도 있다. 사업을 준비할 무렵, 큰아들 입장에서는 모든 것이 기회였을 것이다. 오랜 기간 세워온 목표를 위해 체계적인 준비를 마쳤다고 생각했을 테니. 30년도 더 이전에 꾼 태몽에 바탕을 둔 어머니의 걱정이나 무속인의 말이 답답할 만큼 이해되지 않았을 것이다. 나 역시 무당이라고 해도, 무조건적인 강요를 할 수는 없었다. 괜히 모자 관계에 부정적인 영향만 미칠 수도 있었다. 그렇기에 그저 나의 점괘가 틀릴 수도 있을 거라고 생각하며, 그를 위해 간절히 기도하는 도리밖에 없었다.

큰아들은 사업을 시작했고 거의 1년 동안은 최고의 주가를 올리며 승승장구했다. 가끔 들려오는 큰아들의 소식에 나 역시 너무 기뻤다. 내가 그의 운을 잘못 본 것이기를, 그의 앞날에 탈 없이 무한한 발전만 있기를, 그의 어머니와 나는 바라고 또 바랐다. 그러나 사업을 시작한 지 딱 1년이 되기 바로 전날, 그는 회사 앞에서 불의의 교통사고를 당했고 의식을 잃은 채로 5개월을 병원에서 머물다 사랑하는 가족들의 곁을 영영 떠나게 되었다.

나에게 이 일은 큰 슬픔을 넘어서 어마어마한 충격이었다. 이런 일이 생길 수도 있겠다는 것을 예감했었지만, 내 힘으로는 아무것도 바꿀 수 없었다. 보이는 것을 바로잡을 수 없다는 무력함이 나를 덮쳤다. 내가 좀 더 확실하게, 더 강한 어투로 상담자의 공감을 샀다면 이야기가 달라졌을까.

그 일은 여전히 내게 아프고 쓰린 기억이지만, 이제는 알고 있다. 난 결코 그 결말을 바꿀 수 없었을 것이다. 내면에서 용솟음치는 자신감을 이길 수 있는 타인의 조언이란 이 세상에 없을 테니까. 그런데도 여전히 그 일을 생각하면 내 능력

부족을 탓하게 된다.

　대부분의 태몽은 예지몽이라기보다는 상징적 의미만 지닌다. 그래서 구체적인 미래가 나오는 대신, 동물이나 과일 등의 이미지로만 남는다. 한마디로 별 뜻이 없는 꿈이다. 그렇지만 자식이 잘되길 바라는 부모의 마음은 태몽을 원형 그대로 해석하기보다 일정 부분 미화하고 좋은 쪽으로 해석한다. 즉, 태몽은 잘 꾸며져 해석된 꿈의 한 형태에 불과한 경우가 많다.

　이에 반해, 어떤 태몽은 태어날 아이의 인생 방향성을 제시하기도 한다. 태몽 그 자체가 아이의 인생 예지몽일 경우다. 나를 찾아오신 어머님이 꾼 쌍둥이 아들의 태몽은 일반적인 것과는 달리 큰 예지몽이었다. '말'이라는 이미지가 아니라 '금에 눌려 고통스러워하는 말'이라는 구체적인 정황이 있었기 때문이다. 태몽이기도 한 이러한 예지몽은 한 사람의 성장 과정에서 나타날 수 있는 석연치 않은 사건들을 내포하고 있다. 참고로 태몽에서 금은 명예나 부를 상징한다. 큰 권한을 손에 쥘 인물의 탄생을 예시하기도 하지만, 쌍둥이 아들은 금의 무게에 눌려 있었으니 많은 것을 쥐기보다는 내려놓고 살아야 했다.

많은 사람이 미신을 허무맹랑하고 시대에 뒤떨어지는 것이라 생각한다. 하지만 미신을 믿지 않는다고 하는 사람들조차도 뭔가 특별한 꿈을 꾼 후에는 로또 판매점으로 달려간다. 신문기사에서 본 바에 의하면, 로또 1등에 당첨된 사람들 중 70퍼센트 이상이 당첨 직전 특별한 꿈을 꾸었다고 한다. 이 정도의 확률만 생각해도 어떤 예지몽은 현실과 직접적인 연관이 있다고 말할 수 있다.

그럼에도 불구하고 여전히 무속인의 말이 미신이라고, 모든 꿈은 그저 아무 의미 없는 것이라고 생각할 수도 있다. 그러나 만약 당신이 남다른 태몽의 주인공이라면, 또는 아주 특별한 기운이 느껴지는 꿈을 꿨다면 무조건 무시하거나 하찮은 것으로 생각하지 말기를 바란다. 안 좋다는데 찝찝하게 굳이 할 필요가 있느냐는 식으로 받아들여도 좋다. 그냥 열린 마음으로 그 메시지들에 한 번 정도는 관심을 가지며 살기를 바란다. 그것이야말로 인생을 무탈하게 살아가는 하나의 작은 방법일 수도 있으니 말이다.

내가 열었으면 내가 닫아라

내가 켰으면 내가 꺼라

내가 자물쇠를 열었으면 내가 잠가라

내가 했으면 그 사실을 인정하라

내가 그걸 도로 붙일 수 없으면

그렇게 할 수 있는 사람을 불러라

내가 어질러놓았으면 내가 치우고

내가 옮겼으면 내가 제자리에 갖다 놓아라

다른 사람의 물건을 사용하고 싶으면 허락을 받고

내 일이 아니면 나서지 말라

누군가의 기분을 좋게 해주는 말이면 하고

하지만 누군가의 명성에 해가 되는 말이면 하지 마라

· 작자 미상, 〈인생의 황금률〉

좋은 생각 하는 날이

행복하기 딱 좋은 날

소리 없는 기도

누군가 내게 꿈이 뭐냐고 물었다. 그 순간, 오래전에 가졌던 막연한 꿈이 생각났다. 많은 돈을 벌고, 좋은 집을 사고, 좋은 차를 타는 것, 그런 꿈은 애초에 없었다. 그저 내 명함 한 장 갖고 싶었다. 몸에서 향냄새가 나지 않았으면 했다. 새벽 일찍 일어나 촛불을 밝히고 기도하는 사람이 아니기를 바랐다. 누군가의 앞날이 느껴지고 그 사람의 눈빛이 읽히는 희한한 능력이 없기를 원했다. 내 뒤에 존재하는 그 무언가로부터 해방되고 싶었다. 사람의 평범한 삶이, 누군가에게는 당연한 그것이 내 꿈이었던 때가 있었다. 하지만 더는 그런 꿈을 꾸진 않는다. 지금은 향냄새 맡으며 기도하는 아침이 무척이나 소중하기 때문이다.

이른 새벽, 절로 향하는 내 발걸음에는 아직 잠이 묻어 있다. 내 걸음은 무겁지만 마음만은 가볍고, 달콤한 잠을 간절한 기도에 양보할 수 있어서 감사할 따름이다. 차로 30분쯤 달리면 해동용궁사에 도착한다. 절로 향하는 좁은 길에는 여전히 어둠이 깔려 있다. 조심스레 걷게 되는 돌계단에는 소금 냄새와 그윽한 향냄새가 배어 있다. 108개의 계단, 그걸 내려가면 목탁 소리가 울려 퍼지는 새벽의 절에 도착한다. 스님들의 수행에 누가 될까 봐, 새벽 기도는 변함없이 묵언으로 올린다. 묵언 기도를 드릴 때는 어떤 질문도, 어떤 답도, 어떤 주장도 하지 않아야 한다. 묵언 기도를 할 때는 아무런 사심 없이 모든 것을 받아들이고자 하는 포용의 마음이 필요하다. 이른 새벽, 해동용궁사에서 나의 잡념은 그렇게 사라져간다.

_ 어느 날, 일기 중에서

우리의 일상에는 묵언 기도처럼 감춰진 소리가 있다. 늘 우리의 행복과 평안을 바라는 부모님의 숨소리, 그 안에는 소리 없는 간절함이 담겨 있다.

이른 아침이면 나의 어머니는 아침 식사를 준비하며 자식들의 단잠을 깨울까 봐 발소리마저 조심하셨다. 방과 후 대청마루에 엎드려 숙제하는 내 뒤에 오셔서 아무 말씀도 없이 등을 문질러주시기도 했다. 귀가 가렵다고 하면 당신의 무릎에 나를 눕히고 귀지를 털어주신 후, 다 되었다는 신호로 따뜻한 숨을 내 귀에 불어 넣으시곤 했다. 초겨울에 편도샘이 부어 약을 먹고 잠을 청할 때면, 아버지는 조용히 방문을 열고 들어오셔서 당신의 손등으로 내 얼굴을 한 번 어루만진 후 큰 한숨을 내쉬며 나가셨다.

돌이켜보면, 이 모든 것이 사랑이었고 감사할 일이었다. 나를 지긋하게 바라보던 부모님의 그 모든 시선과 숨소리는 어떤 묵언 기도보다 깊고 소중했다.

어렸을 때는 미처 몰랐지만, 세상에는 우리를 위해 소리 없이 두 손 모아 기도해주는 존재가 있다. 그 존재는 신보다 위대하기도 하지만, 한없이 연약하기도 하다. 한참 늦었겠지만, 이제는 알 수 있다. 그들은 태산보다 크지만, 자식들의 말한마디에 힘을 얻기도 하고 때로는 눈물 흘리기도 하는 연약한 존재였다는 것을 말이다.

힘겨운 세상에서 그나마 이 정도로 살아갈 수 있는 건, 나의 패기나 열정보다 나를 둘러싸고 있던 부모님의 숨소리 덕분이라고 생각한다. 그것은 이 세상 어떤 종교의 기도문보다도 더 간절하고 깊었다.

내가 한평생을 다 산다 해도, 그 사랑을 갚을 수 있을까? 어머니, 아버지……. 그 단어만 들어도 미안함과 그리움이 밀려온다. 부모님의 숨소리를 날이 갈수록 사무치게 그리워하며 나는 이제 그들을 위해 소리 없는 묵언 기도를 바치고 있다.

외줄에 매달린 희망

볕이 좋은 어느 봄날이었다. 창문 너머로 외줄 하나가 내려와 있는 것이 눈에 띄었다. 집 건물 외벽과 유리창 청소용이었다. 미세먼지와 황사로 인해 유리창이 너무 지저분하다고 생각하던 차여서 그 외줄이 꽤 반가웠지만, 이내 그것에 매달려 위태롭게 청소하는 작업자에게 마음이 쓰이기 시작했다. 목숨을 건 노동 같아 보였기 때문이다. 창밖의 저 사람은 왜 하필 저 직업을 택한 것이고, 저런 위험한 노동의 대가로 삶은 얼마나 더 나아졌을까. 이런저런 생각을 하다 보니, 어느새 지저분했던 유리창이 거짓말처럼 깨끗해져 있었다. 덕분에 창밖 하늘도 선명해졌다. 오랜만의 맑은 하늘이었다. 나는 기분 좋게 하늘을 바라보다가 창에 물을 뿌리며 작업을 마무리하던 사람과 눈이 마주쳤다. 그의 일을 방해한 것 같아 미안한 마음에 짧게 눈인사를 하고 자리를 피하려던 순간, 그분이 나를 향해 밝게 미소 지으며 엄지손가락을 치켜

드는 게 아니겠는가. 생각지도 않았던 응원을 받은 것 같아서 당황한 나는 눈짓으로만 답을 하고 부랴부랴 방으로 들어갔다.

그 일이 있고 몇 시간 후, 전화벨이 울렸다. 서른여섯 살이란 나이에 다니던 회사를 그만두고 결혼을 약속한 여자 친구와 미국으로 유학을 떠난 친구의 전화였다. 친구가 우리 집 근처에 있다는 말에 바로 만나게 되었다. 긴 시간 연락 없이 지냈기 때문에 서로의 안부를 물으며 반가워하던 것도 잠시, 친구의 사연에 나는 놀랄 수밖에 없었다. 오전에 건물 외벽 청소를 하던 작업자가 자신이라는 것이었다. 유학 생활 중 여러 가지 좋지 않은 사정이 생겨서 학업을 중단했고, 일을 하기 위해 한국으로 돌아왔다고 했다. 괜찮다며 별일 아니라고 너스레를 떠는 친구에게 자세한 이유를 묻지는 못했지만, 열심히 공부하던 그가 이렇게 위험한 일을 하게 된 것이 조금은 안쓰러웠다.

이런저런 이야기를 나누다 보니 저녁 시간이 되었고, 우리는 오랜만에 소주 한잔하자며 집 근처 포장마차로 자리를 옮겼다. 연탄불 냄새, 사람들의 웃음소리. 포장마차 특유의 운치는 술자리를 깊어지게 했고, 친구는 소주 몇 잔에 이내 속마음을 털어놓았다.

유학을 함께 떠난 여자 친구와 결혼을 약속했기에, 그녀에게 통장을 전적으로 맡겨두었다고 했다. 대기업에서 8년간 근무하며 모은 돈과 퇴직금까지 더해져 꽤 큰 금액이 들어 있었다. 그 돈이 있어야 학비를 낼 수 있었고 미국에서 생활할 수 있었다. 그것이 모두 사라졌다는 것을 아는 데는 긴 시간이 필요하지 않았다. 여자 친구는 불법 카지노에서 모든 돈을 탕진했고, 그 사실이 들통나자 관계를 정리하자며 뻔뻔하게 굴었다. 지금껏 모았던 돈이 한순간에 없어져 더 이상의 유학 생활이 어렵다는 것보다 친구를 더 힘들게 한 건, 여자 친구의 그런 태도였다. 처음에는 어떤 방법을 써서라도 돈을 돌려받고 싶었다. 하지만 이내 돈이야 다시 벌면 되는 건데, 그 때문에 사랑하는 사람을 잃을 수 없다고 생각했다. 그는 여자 친구를 간절하게 붙잡았다. 그러나 이미 시작된 이별을 돌이킬 수는 없었다.

그 후 1년간, 그는 필사적으로 미국에서 유학 생활을 지속했지만 현실은 혹독했다. 생활은 어려웠고, 사랑하는 사람에게 버림받고 돈까지 잃은 마음은 쉽게 회복되지 않았다. 온 세상이 자신의 존재를 부정하는 것 같았다고 친구는 회상했다. 그 후, 지칠 대로 지친 상태가 되어 한국으로 돌아가기로 결정했고, 귀국하는 비행기 안에서 너무도 초라해진 자신의 처지에 하염없이 눈물만 흘렸다고 했다. 그런 친구의 말에 내 마음도 아려왔다.

과거의 아픈 기억에 뭐라 위로를 해줄 수 있을까. 나의 머뭇거림이 보였는지 친구는 이미 다 지난 이야기지만, 아직 상처가 완벽히 아물지 않아서 선명하게 떠오를 때가 있고 그때마다 괴로운 것뿐이라며 웃었다. 지금도 벼랑 끝에 서 있는 심정이지만 자신은 꼭 이겨낼 거라며 다짐의 말도 했다. 우린 이미 40대에 들어섰고 아닌 것은 빨리 포기해야 하는 나이였다. 친구 역시 그걸 모르지 않았다. 다만, 40대의 나이가 더 나이 든 어르신들 앞에서는 어른 명함도 못 내밀고 젊은 청춘들 앞에서는 젊은 척도 할 수 없는 애매한 '늙은 청춘'이라며, 나이 핑계로 못 한다고 하지 않고 할 수 있는 구실을 찾겠다고 의지를 다졌다.

"사람은 누구나 크고 작은 곤경에 처하잖아. 만약 내가 등산을 하겠다면서 산에 오르기 좋은 이상적인 날씨만 기다린다면, 아마도 산 정상에는 절대 못 가겠지. 내 지금 상황은 그저 궂은 날씨에 불과해. 산에 오르겠다는 마음만 단단하면 날씨는 아무런 문제가 되지 않아."

이 말을 하는 친구는 불과 몇 시간 전 외줄에 매달려 위태로워 보이던 그 사람이 아니었다. 자신의 목적을 향해 끊임없이 도전하는 누구보다 강한 사람이었다. 그는 현재 상황을 불평하지 않고, 자신에게 온 불행마저 즐기며 목표를 향해 최선을 다하고 있었다. 목적지에 다다르기까지의 고통을 귀하게 생각하고, 지금의 시련을 도약의 발판으로 삼아 인생 경험치를 축적해나가는 중이었다. 막막한 현실을 극복해가며 내일을 향해 한 발 한 발 묵묵히 걸어나가는 사람의 발걸음은 귀하고 아름답다는 사실을 내게 알려주었다.

집으로 돌아온 후, 오늘 나누었던 대화를 다시 떠올리던 나는 친구에게 응원의 메시지를 보냈다.

'친구, 거칠었던 추억들은 곧 둥글게 마모되어서 네 삶의 중요한 부분으로 빛이 되어줄 거야. 친구의 소중한 삶을 위하여 기도할게.'

그리고 돌아온 그의 답변은 다시 한번, 그가 내 친구임을 감사하게 했고 그의 인생에 큰 축복을 기원하게 했다.

'자신의 마음에 희망이 비어 있으면 다른 사람에게 희망을 전해줄 수가 없대. 너는 사람들에게 희망을 전해주는 사람이니까 항상 큰 희망을 품고 살아가길.'

우리는 분명 다시 만날 것이다

어느 날 새벽, 꿈에 후배의 아버지가 보였다. 예사롭지 않은 꿈이었다. 환자복을 입은 후배의 아버지가 길을 걷고 있었다. 그 길 멀리서 군복을 입은 한 사내가 아버지를 마중했다. 둘은 아무 말도 없이 잠시 쳐다보더니 이내 두 손을 꼭 잡고 함께 걷기 시작했다.

심상치 않은 기운의 꿈이었지만, 후배에게 말해주자니 망설여졌다. 그리고 몇 시간 후, 그 후배로부터 부고를 알리는 문자가 도착했다. 그의 아버지가 돌아가셨다는 내용이었다.

한 달 후쯤, 후배를 위로하기 위해 만난 자리에서야 그 꿈에 대해 말해줄 수 있었다. 그는 내 이야기에 하염없이 눈물을 흘리더니 자신의 어머니에게 전화했다. "엄마, 아빠랑 형이랑 만났나 봐. 아빠가 형을 그토록 그리워했는데, 이제야 만났나 봐. 그러니 엄마도 너무 슬퍼 말고 힘내야 해."

그렇게 듣게 된 이야기는 놀라웠다. 후배에게는 꼭 닮은 친형이 한 명 있었는데, 오래전 군대에서 안타까운 죽음을 맞이했단다. 아들을 앞세운 부모의 마음이란 갈가리 찢기는 아픔이었을 것이다. 그의 아버지는 큰아들을 보낸 후 단 한 번도 웃지 않았으며 오랫동안 슬픔에 잠겨 사셨다고 했다. 그런 아버지가 저세상에 도착했을 때, 이승을 먼저 떠난 큰아들이 마중 나왔던 것이다.

내가 꾼 꿈이 저승에서 아버지를 마중 나온 아들의 모습이었다니……. 너무나 슬픈 이야기였지만, 한편으로는 다행이라는 생각이 들었다. 억울하게 잃어버린 아들을 평생 그리워하다가 이제야 만나게 되었으니, 그곳에서라도 부자의 억울한 아픔이 조금은 달래지지 않았을까. 그의 아버지는 이제야 큰아들의 손을 잡고 마음껏 웃고 계실 것이다.

사랑하는 사람을 위해 마중을 나가는 모습은 참으로 아름답다. 사랑하는 사람을 기다릴 때의 설렘, 사랑하는 사람이 나를 기다릴 때의 따뜻함. 마중은 포옹만큼이나 다정한 사랑의 표현이자, 사랑하는 대상을 위한 배려이다. 자식의 하굣길을 향하는 엄마의 마중에는 아이가 보냈을 하루에 대한 걱정과 감사가 담겨 있다. 장거리 연애를 하는 연인들의 마중에는 설렘과 애틋함이 담겨 있다. 이렇듯 마중은 기다림의 단계이기도 하지만, 포근하면서도 적극적인 사랑 표현의 한 방법이기도 하다.

마중과 달리 배웅은 떨어짐을 전제로 한다. 따뜻함도 있지만 상실의 쓸쓸함도 있다. 상대의 뒷모습을 바라보다가 그가 사라진 뒤에도 못내 아쉬워 자리를 떠나지 못하는 자의 모습은 얼마나 애잔한가.

마중과 배웅에는 모두 서로를 끊임없이 걱정하고 아껴주는 마음이 있다. 자신의 시간을 선뜻 내어 상대를 기다리고 안녕을 바란다. 우리는 마중하고 함께 시간을 보내다가, 배웅하며 작별을 아쉬워하는 삶을 산다. 이렇게 우리의 삶은 만남과 헤어짐으로 이뤄져 있지만, 결국 마지막에는 배웅만이 남는다.

배웅 중에서도 너무도 가슴 아픈 그것인 '임종'은 이승에서의 시간을 정리하는 일이다. 떠나는 자를 위해 남을 자들이 마지막을 함께해주는 일, 그것이 임종을 지키는 일이다. 이 작별은 떠나는 이가 뒤돌아서서 손을 흔들지 않고 조용히 눈을 감는다는 점에서 다른 이별들과는 차원이 다른 큰 슬픔만이 남는다.

이제 나는 자신 있게 말할 수 있다. 임종에서의 배웅은 끝이 아니며, 우리는 분명 다시 만날 것이다. 무속인으로 일을 하며 알게 된 한 가지는 이승에서 헤어진 가족들은 저승에서 꼭 다시 만난다는 것이다. 만약 임종을 앞둔 사람이 먼저 생사를 달리한 가족이나 누군가를 꿈에서든 환각에서든 만났다고 말하면, 부디 가만히 들어주기를 바란다. 그건 그가 곧 맞이할 죽음이 외롭지 않다는 걸 뜻하기 때문이다. 이는 임종을 앞둔 사람에게 아주 흔하게 나타나는 현상이다. 그럼에도 가끔, 무속인에게 뛰어와 몸이 아픈 가족이 귀신을 본다며 굿을 의뢰하는 경우가 있다. 이런 손님이 찾아왔을 때, 저승사자가 진을 쳤다며 돈을 요구하고 굿을 강요하는 무속인도 있다고 들었다. 그것은 절대 안 될 일이다. 이때 굿을 하면 임종을 앞둔 이는 너무도 외롭게 죽음을 맞이할 수밖에 없다. 이건 임종을 지키는 가족들이 하는 최악의 실수다. 이 세계에는 분명 우리가 감히 알지 못하는 영역이 있고, 그곳의 마중과 배웅에 살아 있는 우리가 끼어들 틈이란 없다.

임종을 지키며 마지막 순간을 함께하는 일은 남아 있는 가족에게는 큰 아픔일 수밖에 없다. 하지만 오랜 시간이 흐른 후 언젠가 저 너머에서 다시 한번 따뜻하게 재회한다는 것을 기억하며, 곧 떠날 사람의 마지막이 더 아름답게 완성되도록 기도해줘야 한다. 그리고 남은 우리의 몫이란 하루하루를 더 열심히, 더 사랑하며 사는 것이다. 훗날 우리를 마중 나올 그들에게 부끄럽지 않도록 말이다.

우리는 모두 똑같은 사람

무속인이라는 직업을 가진 덕에, 정말 다양한 사람을 만나 그들의 이야기를 듣는다. 나를 찾아오는 손님 중에는 큰 회사를 경영하는 분도 있고 그냥 평범하게 회사에 다니는 분도 있다. 교수도 있지만, 학생도 있다. 의료계에 종사하는 분도 있지만, 현재 어딘가 아픈 분들도 있다. 법조인도 있지만, 법의 사각지대에서 누군가의 도움이 간절한 분도 있다. 연예인도 있고 연예인 지망생도 있다.

상담자가 어떤 직업을 가졌건, 현재 상황이 어떠하건, 10분만 이야기를 나누다 보면 우리는 모두 똑같은 사람이라는 생각이 든다. 모두가 각자의 서사 안에서 고민하고, 걱정하고, 노력하고, 좌절하고, 누군가의 응원을 필요로 한다는 점에서 그러하다. 자신 앞에 닥친 문제를 해결하는 과정을 듣다 보면, 직업과 명예 그리고 돈은 인간성과는 완전 별개라는 것도 알게 된다. 우리는 누구나 불안한 일에는 조급해하고 난

처해하는 연약한 사람들이다.

그럼에도 누군가를 과하게 우러러보며 자신의 낮은 자존감을 하소연하는 사람을 만날 때가 있다. 이들의 문제를 들여다보면, 대부분은 자신보다 낫다고 생각하는 사람들을 지나치게 사랑하거나 존경한다. 심지어 자신을 낮추면서 그들을 떠받든다. 이런 사람들은 대개 마음이 공허하고 생각이 번잡하다. 자기 삶의 주인으로 살지 못하기 때문에 타인과 수평적인 눈높이를 맞추지 못한다. 이렇게 타인을 부러워하다 보면, 판단이 흐려져 시기와 질투가 내 마음을 삼켜버리고 결국은 완전히 낮아진 자존감만 남는다. 타인에게 쉽게 마음을 쓰다 보면, 또 쉽게 상처받는다. 그러면서도 자신 역시 인생의 주인공이 되고 싶다고 말한다. 자신의 역할을 상대를 우러러보는 관객으로 설정해둔 채, 열등한 시선으로 누군가를 부러워하는 것은 매우 서글픈 일이다. 내가 타인을 우러러보지 않는다면, 세상에는 다 똑같은 사람만 있을 뿐 특별한 사람은 없다. 내 삶의 주인공이 된다는 것은 타인의 욕망을 좇지 않는다는 것을 뜻하기도 하고, 누군가의 발자국을 따라가지 않고 나의 길을 만들고 있다는 걸 의미하기도 한다.

일반적인 인간관계뿐 아니라 사랑하는 사람과의 관계에

서도 수평적 눈높이는 필요하다. 한쪽에서 일방적으로 사랑을 퍼붓는다면, 상대는 부담을 느낄 수밖에 없다. 지나친 구애는 매력이 없다. 오히려 무시받을 수 있는 여지만을 남긴다. 건강한 관계를 유지하기 위해서는, 감정의 수위를 조절하려는 노력이 필요하다. 사랑은 표현해야 하는 게 맞지만, 주는 만큼 받기도 해야 하는 것이다. 서로 자유롭게 사랑을 주고받을 수 있는 것이야말로 건강한 사랑이고, 사랑하는 사람과 나 자신을 지키는 방법이다.

우리는 태어난 순간부터 어쩔 수 없이 서열을 경험한다. 부모와 자식의 관계에도 상하는 있고, 첫째 아이와 둘째 사이에도 차이는 있다. 학교에 가면 성적이 등급을 나눈다. 군대에 가면 계급이, 사회에 나가면 직책과 직급이 서열을 나눈다. 사업을 한다고 해도 갑과 을은 존재한다. 심지어는 백화점만 가도 VVIP, VIP, 일반 고객으로 나뉜다.

이 계급사회를 좀 더 잘 살아가기 위해서는 지혜로운 대인관계가 필요하다는 걸 우리는 모두 알고 있다. 그리고 좋은 관계를 위해 친절해야 한다고 주입받으며 산다. 친절은 모두를 기분 좋게 한다. 상냥한 사람은 타인의 신뢰를 받는다. 하지만 이 역시 넘치면 문제가 된다. 수직적인 관계에서 한쪽의 일방적인 과잉 친절은 다른 편에게 부담으로 다가왔다가 이내 당연한 것으로 굳어진다. 친절은 배려임에도 불구하고 과한 친절이 계속된다면 그 가치가 떨어지고, 자신을 바라보는 상대의 시선 자체도 낮아질 수 있다.

아무런 실수도 하지 않았음에도 굽신거리고 쩔쩔매면서 그게 타인에 대한 배려 혹은 예의라고 생각해서도 안 된다. 지나친 겸손과 예의는 올바른 인간관계 형성에 도움이 되지 못한다. 세상의 어떤 기준도 각자의 가치만큼 특별하지는 않다. 우리 각자는 절대적인 존재이므로, 누구도 함부로 내려다보게 해서는 안 된다. 절제된 친절과 바른 예의, 이것이 원만한 사회생활을 만드는 핵심이다.

특정 그룹에서 개인을 어떤 기준으로 나누는 건, 우리가 바꿀 수 있는 게 아니다. 그건 그룹의 이익과 연결될 것이고, 그들이 추구하는 사업 모델과 관련 있을 것이기 때문이다. 그래도 나 자신만큼은 그 등급에 동요되어서, 누군가를 쉽게 존경하거나 사랑하면 안 된다. 수평적인 눈높이에서 타인을 보고, 그저 당당하게 내 삶을 살아가면 된다. 내면의 기준을 세우고 자신을 키우면 그뿐이다. 내가 남보다 나를 귀하게 대할 때, 타인 역시 나를 그렇게 인식한다.

사랑한다는 착각

이 세상에는 자신의 육체 외에 우리가 온전히 소유할 수 있는 것이 단 하나도 없다. 그럼에도 때때로 타인을 자신의 소유물로 생각하고 독점하려는 사람들을 만날 수 있다.

집착의 사전적 의미는 '어떤 것에 늘 마음이 쏠려 잊지 못하고 매달림'이다. 말 그대로 마음이 있어야 할 곳에 있지 않고, 난간에 위태롭게 매달린 것이다. 집착의 대상도 배우자, 연인, 자식, 친구, 행복했던 과거의 시간, 특정 물건, 반려동물 등 아주 다양하다. 그 모든 집착에는 공통점이 있는데, 특정 대상을 자신이 특별하게 사랑했다고, 혹은 사랑한다고 '믿는다'는 점이다.

집착이 심한 사람들은 크게 두 가지 성향으로 나뉜다. 첫 번째 부류의 사람들은 자신감이 지나쳐 자기가 이 세상의 모든 걸 통제할 수 있다고 착각한다. 즉, 비뚤어진 소유욕이 강한 사람이다. 두 번째 부류는 낮은 자존감으로 인해 무엇을 잃고 상실하게 되면 끝도 없이 무너져버릴까 봐 미리 두려워하는 사람이다. 두 부류의 사람들은 정반대처럼 보이지만 사실은 비슷하다. 자신이 무시당하고 버려질 수도 있다는 피해망상에 시달리며 격렬하게 반응한다는 점에서 그렇다. 한마디로 그들은, 올바른 자기 중심이 없는 사람들이다.

사랑하는 대상에 대한 소유욕이 지나치게 강한 사람에게는 의외로 애정 결핍이 있다. 인간은 본능적으로 자신에게 부족한 것을 채우려고 한다. 이들은 혼자가 된다는 것 자체를 불안해하며 타인에게 과하게 의존하고 매달린다. 그렇게 하면 상대에게 인정받을 수 있다고 착각하기 때문에, 집착은 점점 강해지고 이로 인한 강렬한 질투심과 공격적인 모습까지 보인다. 그렇기에 집착은 정신적인 결함이라고도 할 수 있다.

이 결함의 칼날은 안쪽으로 날카롭다. 그래서 심한 집착을 하는 사람도 겉으로는 그저 좋은 사람 같아 보일 때가 많다. 주변 사람들은 그에게 심각한 문제가 있다는 걸 눈치채기 어렵다. 다만, 사랑하는 사람과 손을 맞잡을 때 그 뾰족한 결함은 서서히 본성을 드러내며 상대의 내부를 공격한다. 그 피해는 고스란히 자신이 가장 사랑하는 사람이라던 상대의 몫이다.

상대의 집착으로 인해 힘들다며 상담을 온 사람 중에는 연인 관계로 고민하는 이가 가장 많았다. 그들 대부분이 하는 말은 똑같았다. 평소에는 한없이 따뜻하고 섬세한데 연락을 한 번이라도 받지 않으면 돌변한다는 것이다. 더욱 큰 문제는 집착이 심할수록 의심병이 심각하다는 것이다. 모순적이게도, 집착이 심한 사람일수록 사생활이 문란할 가능성이 크다. 그들은 자신의 모습을 상대에게 투영시킴으로써, 지레짐작으로 의심을 시작한다.

만약, 이런 상대가 자신의 정신적 결함을 인정하고 병원 치료를 받겠다는 의지를 보인다면 변화를 기대해볼 수도 있겠지만, 대부분은 자기 행동의 문제점을 인지조차 하지 못한다. 그래서 나는 상담자 대부분에게 그 관계를 끊으라고 말한다. 스스로 변하고자 하는 의지가 없다면 해결책은 없다. 더는 점을 볼 필요도 없다. 상대의 집착 때문에 고통스러워하면서도 혹시 본인이 상대를 바꿀 수 있지 않을까, 결혼하면 덜 의심하지 않을까, 덜 집착하지 않을까 생각하는 사람들도 있다. 상담 사례들에 의하면 연인 관계에서 보인 집착은 대부분 의처증, 의부증으로 이어져 언어폭력이나 신체폭력을 부른다.

무속인이 된 후 약 1만 5,000명 이상을 상담했지만, 심각하게 집착하는 배우자를 둔 부부가 행복한 일상을 이어가는 경우는 보지 못했다. 집착하는 사람은 자신이 원하는 대로 상대를 지배하려는 성향이 강하다. 뜻대로 되지 않았을 경우 난폭해지며, 자기 생각이 관철될 때까지 상대를 괴롭힌다. 그들은 상대의 일상 모든 것을 통제하기 위해 조금의 틈도 허용하지 않는다. 간혹 상담자 중에는 폭행까지 당하는 상황에서도 자신이 사랑으로 그를 바꿀 수 있을 거라 믿고, 본질은 좋은 사람이니까 참아야 한다고 생각하는 사람도 있었다. 심지어 주변 사람이 자신의 애인 혹은 배우자를 좋지 않은 시선으로 볼까 봐, 힘들어도 괜찮은 척하며 감추기에 급급했다. 자명한 사실은 집착하는 자들이 스스로 바뀔 가능성은 거의 없다는 것이다. 마냥 참기만 하는 사람들을 볼 때면, 자신의 인생은 소중하다고 말하면서 상대에게 공격받는 자기 감정은 왜 내버려두는지 애가 탄다. 상대의 정신적 결함을 알고도 인연을 이어나간다는 건 자신을 감옥에 가두는 것과 같다.

연애에서 결혼으로 발전하는 과정은 두 사람이 하나가 되는 게 아니다. 아무리 사랑을 해도 둘이 하나가 될 수는 없다. 소중한 사람을 지키기 위해서는 법정 스님의 말씀처럼 서로를 난초 다루듯 해야 한다. 너무 가까이 다가가지도, 너무 자주 관심을 주지도 말아야 한다. 지나치게 가까운 거리에서 상대를 관찰하는 것은 서로를 지치게 할 뿐이다. 서로의 다름을 이해하고 자유를 보장하되, 상대가 나를 필요로 할 때는 기꺼이 어깨를 내어주는 정도가 딱 적당한 거리일 것이다.

간혹 자신의 비뚤어진 집착을 고치고 싶다며 찾아오는 이를 만날 때면, 그들을 점쳐주고 덧붙여 해주는 이야기가 있다. "꼭 상대를 존중하세요. 자기 생각을 행동으로 실천하는 것도 어려운데, 타인을 내 뜻대로 할 수 있다는 건 착각이고 오만입니다"라는 단순한 말이다. 누군가를 존중한다는 것은 상대를 이해하고 그 사람 자체를 인정하는 것이다. 사랑은 지시하고 따르는 주종의 관계가 아닌, 같은 눈높이에서 서로를 바라보는 관계다.

우리는 누구나 사랑하는 사람과 함께이고 싶다. 동시에 자유롭게 지내고 싶기도 하다. 그 말은, 나도 상대도 서로 사랑하긴 하지만 속박당하길 원지 않는다는 것이다. 아무리 사랑하는 사이라도 모든 시간을 함께할 수는 없다. 서로에게 숨 쉴 틈은 주어야 한다. 상대를 진심으로 사랑하고 더 깊게, 더 애틋하게 사랑하고 싶다면, 서로에게 자유가 주어져야 한다는 사실을 잊지 말기를 바란다.

수녀님의 편지

굿을 하거나 치성을 올리는 방법은 지역마다 다르며, 같은 지역 내에서도 모시는 신령님이나 신 스승님이 누구냐에 따라 다를 수 있다.

처음 신내림을 받은 후, 나는 수년간 굿을 하거나 치성을 올릴 때면 갖가지 음식들을 제물로 바쳤다. 특히 쌀은 최상품으로 일곱 포대를 올리며 정성을 다했다. 의례가 끝난 후에는 그 쌀들을 집 한편에 잘 쌓아두었는데, 한 달 정도가 지나면 꽤 많은 양이 모였다. 그것들을 어떻게 할까 고민하다가 집 근처 종교 단체에서 운영하는 무료 급식소에 기부하기로 했다. 여러 해 동안 매월 말일에 쌀을 가져다드렸더니, 하루는 급식소를 운영하시는 수녀님께서 말을 걸어오셨다.

"이렇게 자주 많은 사람에게 큰 도움을 주시는데 오실 때마다 인사만 하시고 바로 가시니 혹시 불편해하실까 봐 저희도 따로 감사 인사를 드리지 못했네요. 그런데 오늘은 이렇게 오랫동안 쌀을 가져다주신 것에 대해 감사 인사를 전하고 싶었어요. 어떤 분이신지도 궁금했고요."

수녀님의 다정한 인사에 나도 솔직하게 답을 해야만 했다.

"수녀님, 저는 무속인입니다. 제가 가져온 쌀은 손님의 재수를 기원하는 굿을 올릴 때 사용한 것들입니다. 미리 말씀 드리지 못해 죄송합니다. 혹시 문제가 있다면, 오늘 가져온 쌀은 도로 가져가겠습니다."

그 말을 들은 수녀님은 내 두 손을 꼭 잡으며 이렇게 말씀하셨다.

"문제라니요. 그렇게 고생해서 가져다주시는 귀한 쌀이었네요. 특별한 쌀로 지은 밥이니 드시는 분들이 더 행복해지실 거 같아요. 한 달에 한 번씩, 우리 성당에 부처님의 자비가 도착하고 있었군요."

그 말이 어찌나 따스한지, 아무도 몰라준다고 생각했던 내 정성을 이렇게 알아주는 사람이 있다는 것이 얼마나 감사한지, 마치 인자하신 예수님을 보고 있는 듯했다. 수녀님은 잠시 기다리라며 사무실로 들어가시더니 편지 봉투 하나를 들고 나오셨다.

"선생님을 뵙게 되면 드리려고 쓴 편지예요. 이제야 편지 주인을 만났네요."

집에 돌아온 후 열어본 봉투 안에는 정갈한 손 글씨로 꽉 채워진 편지지 한 장이 있었다.

선생님, 안녕하세요.

먼저 감사한 마음을 전해드리고 싶어요. 나눔을 실천하면서 사시는 모습에 항상 감사한 마음입니다. 매달 급식소에 오셔도 아무런 말씀 없이 귀한 쌀만 내려놓고 바로 돌아가셔서, 혹시 불편하실까 봐 저희도 염려가 되어 감사 인사 한번 제대로 드리지 못했습니다. 한동안은 배달 기사님만 쌀을 싣고 오시길래, 이 쌀을 보내시는 분이 어떤 분인지 몇 번을 여쭤봤지만 아는 게 전혀 없다는 말씀만 하시네요. 그래서 오늘은 이렇게라도 감사한 마음을 전해드리고자 부랴부랴 펜을 들었습니다.

선생님이 보내주시는 쌀알들이 어찌나 뽀얀지, 한 톨 한 톨 정성스레 밥을 지어서 힘들고 지치신 분들에게 매 끼니 소복하게 나눠드리고 있어요. 선생님이 보내주신 쌀들은 유독 찰지고 향긋해서 이곳에 찾아오는 형제, 자매님들에게 인기가 많답니다. 그래서인지 창고에 높이 쌓인 쌀을 보면 부자가 된 기분이 들어요.

급식소에 마음을 전해주시는 고마운 분들께 편지를 쓸 때마다, '날마다 변함없이 사랑을 전해주시는 이런 분들 덕분에 오늘 하루도 예쁘게 빛나고 있구나' 하는 감사한 마음이 생겨요. 선생님, 저희 급식소의 하루하루를 비춰주셔서 정말로 감사드립니다.

그리고 선생님! 언젠가 성당에 오시면, 제가 따뜻한 차 한잔 꼭 대접하고 싶어요.

따뜻한 봄이 되면 성당 앞마당에는 분홍 진달래와 노란 수선화, 그리고 연한 자줏빛의 수수꽃다리 등 수많은 꽃이 피어난답니다. 혹시 그거 아세요? 꽃밭에서 사람들이 예쁜 생각을 하면, 그때마다 작은 꽃잎이 하나씩 돋아난다고 해요. 선생님, 봄이 되면 성당 꽃밭에서 차도 드시고 좋은 생각도 많이 나누고 가세요. 그날을 상상만 해도 벌써 행복해지는 기분이 드네요. 선생님이 보내주시는 쌀이 더 귀하게 느껴지는 이유가 또 하나 있어요. 사실 저희 급식소를 찾아오는 형제, 자매님들 중에는 몸이 불편하신 분들이 많아요. 신체가 불편하신 분들이 끼니마저 제대로 해결하지 못하면 건강이 더 안 좋아질 수 있어서, 가능한 한 식사 때마다 좋은 영양을 공급해드리고 싶은 마음이에요. 하지만 현실적으로 쉽지 않은 문제라서 늘 마음이 아팠습니다. 그런데 이렇게 질 좋은 쌀이 생기다니, 얼마나 든든한지 몰라요. 이 밥을 드시는 모든 분이 건강해지실 거 같아요.

선생님이 주신 사랑에 다시 한번 감사 인사를 드립니다.

　수녀님께서 내게 전해주신 이 따뜻한 편지 한 통은 너무나도 특별한 것이었다. 달은 태양에 반사되는 정도에 따라 초승달로 보이기도, 그믐달이나 반달, 보름달로 보이기도 한다. 하지만 그 본질은 1년 365일 둥근 달이다. 수녀님의 편지를 통해, 세상에 종교는 다양하지만 그 절대적인 존재는 저 하늘의 달처럼 하나가 아닐까 생각했다. 각 종교를 믿는 자들이 신에게 각각의 이름을 붙이고 규율을 만들어, 내 편과 네 편을 나눈 것은 아닐까 생각했다. 모든 종교의 본질은 타자를 사랑하고 아껴주는 것일 테니 말이다. 나는 성당에서 이런 환대를 받을 거라곤 상상도 한 적이 없다. 무속인이기에 일반 사람들 사이에서도 이방인이 아니었던가. 그날, 수녀님이 보여주신 인자한 웃음과 전해주신 편지 한 통은 그동안 내가 느낀 외로움을 달래주기에 너무나 충분했다.

그 당시의 나는 내 직업을 밝히는 것을 극도로 어려워했다. 그런 나를 축복으로 생각해준 그분 덕에 조금은 스스로 당당해질 수 있었고 더 열심히 살 동력을 얻었다. 지금도 당시를 생각하면 마음이 뭉클해진다. 사랑합니다, 수녀님.

두 번째 화살

'두 번째 화살에 맞지 마라.'

이는 유명한 불교 말씀이다. 다른 사람이 나를 향해 쏜 첫 번째 화살에 맞아 상처받거나 고통받는 건 어쩔 수 없는 일이라고 해도 그 상황에 대한 죄책감이나 분노에 휩싸이는 것은 스스로에게 두 번째 화살을 쏴 더 큰 상처를 만든다는 뜻이다.

어떤 인간관계에서든 상처는 생긴다. 작은 오해로 누군가를 미워하게 되기도 하고, 이별의 자국이 짙게 남아 마음을 괴롭히기도 한다. 순간의 실수로 소중한 사람을 잃기도 하고, 내 의지와는 상관없이 가족과 멀어지는 일도 있다. 때로는 끊겨버린 관계를 떠올리며 후회하기도 하고, 믿고 의지했던 사람에게 배신당한 기억 때문에 새로운 만남을 주저하기도 한다.

인간은 짧고도 긴 삶을 살기에, 수많은 만남과 이별을 한다. 그 안에는 믿음과 배신, 사랑과 증오 등의 다양한 감정이 존재한다. 인간관계 속에서 발생하는 이런 다양한 마음들로 인해 때때로 우리는 행복을 경험하기도 하지만, 후회하기도 하고 상처받기도 한다.

이 모든 것이 만남과 이별 안에서 이뤄지는 일이듯, 모든 헤어짐 뒤에는 또 다른 인연이 찾아온다. 사람에게 상처를 주는 것도 사람이지만 그 상처를 아물게 하는 것 또한 사람이라는 유명한 말은 변하지 않는 진리이다.

세상에 혼자 사는 사람은 없다. 더는 누구도 믿을 수 없다고 말하면서도 결국은 또 다른 사람들을 만나고 관계를 유지해나가게 된다. 때로는 이미 틀어진 사이를 모두 부정하고 싶겠지만, 사람과 사람 간의 인연이란 생각보다 질긴 것이라 살다 보면 철천지원수 같던 사람을 이해하는 날도 생길 것이고, 다시는 보고 싶지 않던 사람과 일을 해야 하는 상황도 벌어질 수 있다.

그렇게 생각하면, 인간의 삶에서 가장 불확실한 것이 관계의 연속성인 것 같다. 그 섭리 속에서 우리 의지대로 겨우 할 수 있는 것이라곤, 관계가 돈독할 때 서로 존중하면서 아끼고, 관계가 끊어지려고 할 때는 최대한 상처 주지 말고 놓아주는 것이 아닐까. 물론, 말은 쉽지만 행동으로 옮기기는 어려운 일이다. 소중한 사람들은 늘 곁에 있을 것만 같아 그 귀함을 가끔 잊게 되고, 관계가 위태롭다는 걸 눈치챘을 땐 이미 늦은 경우가 많다. 그렇다면 이건 어떨까. 우리 삶에 들어왔다가 사라지기도 할 많은 관계 속에서 조금이나마 자유롭기 위해, 그 어떤 사이도 영원할 수 없다는 진실을 늘 되새기는 것이다. 관계에 너무 집착하지 않는 것이 아이러니하게도 더 나은 관계를 만든다. 언젠가는 내 곁에서 사라질 수도 있다고 생각하면, 한 번 더 들여다보게 되고 조금 더 잘해주게 된다. 상대가 하는 실수에도 너그러워진다. 혹시 상대에게 상처받는 일이 생기더라도, 영원한 건 없다고 생각하면 서운함도 덜해지고 내가 받는 상처도 줄어든다.

　나를 찾는 상담자 중에는 인간관계 자체를 불신하며 자신의 아픈 마음을 호소하는 사람들이 많다. 영원할 줄 알았는데 그렇지 않았다는 배신감과 상실감, 내 마음을 이용당했다는 분노가 그들을 뒤덮고 있다. 가까운 사람과 등지게 됐을 때, 인간에 대한 불신은 더 크게 생길 수밖에 없다. 믿고 의지했던 사람에게 받은 상처가 오죽 아프고 쓰리리겠냐마는, 그 기억을 곱씹으며 자책하고 원망하는 것은 내 마음에 두 번째 화살을 꽂는 일이다. 마음의 병에서 회복하지 못한 채 모든 사람에게 일정한 거리를 두고 곁을 내주지 않으려고 한다면, 내가 쌓은 마음의 성벽 안에서 이전의 상처는 곪고 썩을 뿐이다. 지난 기억에만 매몰되는 대신, 틀어진 관계에서 일어난 문제를 이성적으로 바라보려고 노력해야 한다. 그 안에 내 잘못이 있다면, 새로 시작될 인연에는 더 조심하면 된다. 아무리 객관적으로 생각해봐도 내 잘못이 없다면, 그 관계는 어차피 어긋난 것이므로 그냥 잊어야 한다.

모든 관계는 기쁨과 슬픔, 행복과 좌절, 만족과 불만 등 다양한 감정을 수반한다는 것을 우리는 인정해야 한다. 떠난 사람이 안겨준 상실감을 새로운 사람 역시 제공할 거라는 장담은 그 누구도 하지 못한다. 새로운 관계는 떠난 사람이 남겨놓은 좌절감에서 해방되는 것으로부터 시작된다.

사람 때문에 생기는 마음의 병은 따지고 보면 그 상처를 움켜쥐고 있는 내가 원인이다. 꼭 쥐고 놓지 않는 사람이 자신이기 때문에, 놓는 주체 또한 내가 된다. 어떠한 인간관계에서 받은 상처든, 그로 인해 혼자라는 생각은 버리고 더 많은 사람들과 어울려야 한다.

그들에게 조언을 구하라는 것이 아니다. 그저 세상 사는 이야기, 계절 이야기, 여행 이야기 등을 나누며 시간적 여유를 가지라는 거다. 그러다 진솔한 속마음을 이야기할 때가 온다면, 그때는 있는 그대로 꾸밈없이 말하면 된다. 그 솔직한 대화 속에서 체념하는 법도, 인생을 이해하는 법도 배우며 우리도 모르게 '인생의 쓴맛'이 뭔지 체득하게 될 것이다.

아들의 가출을 응원하는 마음

우리는 종종 여행을 떠난다. 여행이 즐겁고 일상의 환기가 되는 이유는 돌아갈 곳이 있기 때문일 것이다. 어디로 떠나든 우리는 결국 집으로 돌아온다. 여행 후에 집에 돌아오면 "아, 역시 집이 제일 편해"라는 말을 하는 것처럼, 힘들게 하루 일을 마치고 나면 빨리 집에 돌아가 침대 위에 편안히 눕고 싶은 것처럼, 온종일 밖에서 뛰어놀던 아이들도 식사 시간이 되면 집으로 돌아와 그날의 일에 대해 미주알고주알 떠드는 것처럼 어쩌면 집에 도착하기 위해 우리의 일상은 움직이고 있는 건지도 모른다. 그렇기 때문에 집은 모두에게 가장 안락하고 편안한 곳이어야 한다. 지친 하루의 쉼이 되어주고 가족의 울타리가 되어주며 개인의 비밀을 품어주는 곳이어야 한다. 험한 세상으로부터 나를 보호해주는 곳이자 나의 모든 것을 오롯이 풀어낼 수 있는 장소이기에 크기와는 상관없이, 집은 그 어느 곳보다 아늑하고 따뜻해야 하며 감시 따위는 없어야 한다.

그날은 크리스마스이브였다. 오전부터 내린 눈이 소복이 쌓이고 있었다. 오랜만의 화이트 크리스마스라 나도 괜스레 들떴다. 모처럼 친구들과 만나 즐거운 성탄절을 보낼 계획으로 상담 예약조차 잡지 않은 터였다. 쉬는 날에는 보통 걸려 오는 전화도 받지 않는다. 전화 한 통이 나의 쉬는 날을 일하는 날로 바꿀 수 있기 때문이다.

그날은 같은 번호로 세 번 연속 전화가 걸려왔다. 받지 않으면 온종일 전화벨 소리에 시달리게 될 것 같아 하는 수 없이 수화기를 들었다. 발신자는 급한 일이 있다며 지금 당장 찾아가도 되겠냐고 물었다. 그 목소리에서 다급함과 간절함이 느껴져 외면하기 어려웠다. 결국은 저녁 일정을 미루고 상담자를 만나게 되었다.

손님은 40대 후반의 여성이었다. 그분은 대학생인 아들이 일주일 전에 편지 한 통만 남겨놓은 채 집을 나갔고, 휴대전화 번호마저 바뀌 연락이 끊긴 상태라며 안절부절못했다. 중고등학교를 거쳐 대학생이 된 지금까지 단 한 번도 부모의 말을 거역한 적 없는 착한 아들이었기에 가출할 거라곤 상상도 못 했다고 덧붙였다.

점을 치자마자 내 눈엔 아들이 며칠 지나지 않아 집에 돌아올 것으로 보였지만, 이왕 나를 찾아왔으니 아들에 관한 이야기를 더 들어보고 싶었다.

아들의 아버지이자 상담자의 남편은 매우 가부장적인 사람이라 했다. 아들에게는 지나치게 엄격했고 늘 공부가 최우선이어야 한다고 했단다. 아들이 성공한 삶을 살기를 바라는 마음으로 손님 역시 남편의 양육 방식에 동조했다. 중학교 때부터 지금까지 저녁 8시를 넘으면 아들은 휴대전화를 반납해야 했고 텔레비전도 보지 못했다. 아들의 성적이 떨어지면 남편은 불같이 화를 냈고, 제대로 공부하는지 감시하기 위해 방문도 닫지 못하게 했다. 나쁜 친구들과 어울릴까 봐, 대학생이 된 지금까지도 어떤 친구를 만나는지 확인하려고 휴대전화 문자를 감시했단다. 어머니가 그런 아버지를 말려줬으면 좋았겠지만, 상담자는 중재하기는커녕 옆에서 같이 잔소리를 퍼부었다고 했다. 늘 부모님께 순종적이던 아들은 이런 불합리한 일에 투정 한번 하지 않을 만큼 미련스러울 정도로 착했다.

듣기만 해도 숨이 막힐 것 같은 이야기였다. 나는 아들이 남긴 편지 내용을 물었고, 손님은 가방에서 종이 한 장을 꺼내 보여주었다.

이제 더는 두 분의 말씀을 따를 수 없어 집을 나갑니다. 내년에 입대할 때도 연락을 따로 드리진 않을 겁니다. 물론 제대 후에도 집으로 들어가는 일은 없을 겁니다. 학업은 계속 이어가겠지만, 등록금은 모두 제 손으로 벌 예정입니다. 걱정하지 않으셔도 됩니다. 언젠가 제가 먼저 연락을 드리겠으니, 그 전까지는 찾지 마세요.

단호한 의지마저 엿보이는 아들의 편지를 읽고 나니, 내가 점을 친 것과는 별개로 이왕 나간 거 1년은 버티면 좋겠다는 생각마저 들었다. 그러나 심성이 착한 아들은 그럴 수 없을 터였다. 나는 손님에게 걱정하지 않아도 된다고 말하며, 가장 이상적인 부모 역할이 무엇인지에 대한 내 생각을 전달했다.

"가장 이상적인 부모의 모습이란 아버지가 칭찬할 때는 어머니가 좀 더 신중하게 엄격하고, 아버지가 꾸중할 때 어머니는 좀 더 너그럽게 대해주는 것이라고 생각합니다. 아들이 돌아온다면 부디 아무 말 없이 따뜻하게 안아만 주세요. 왜냐고 따지지 말고 가슴으로만 품어주세요. 앞으로는 어떻게 대하겠다는 거창한 말도 필요 없습니다. 부모님이 직접 쓴, 아들을 진심으로 사랑한다는 내용의 손 편지 한 통이면 완벽합니다. 책상 위에 놓아두고 아무 말씀도 하지 마세요. 엄마 아빠가 너를 애타게 기다렸다는 것을, 말이 아닌 집 안의 온기로 느끼게 해주세요. 집의 역할은 따뜻하고 안전하다는 느낌을 주는 것입니다."

내 눈에는 아들이 살기 위해 잠시 피신한 것처럼 보였다. 부모로서 자식을 사랑해서 한 행동이었겠지만, 가출한 아들은 어렸을 때부터 자신의 성적, 작은 행동들, 이 모든 게 가족 불행의 시초가 된다고 느꼈을 것이다. 자신이 가족의 일원이라기보다 원흉이라고 생각하며, 피해자임과 동시에 가해자가 되는 혼동 속에서 살았을 것이다. 그 삶이 얼마나 답답하고 암울했을지, 나는 솔직히 아들의 가출을 응원하고 싶었다.

이 아들에게 집은 지치고 힘든 자신을 보호해주는 곳이 아니라 감옥 같았을 것이다. 부모는 그곳을 감시하는 교도관 정도가 아니었을까. 심지어 나만의 공간이어야 할 자신의 방에서도 부모의 시선을 피할 수 없었으니, 최고의 아지트조차 빼앗긴 셈이었다.

많은 부모는 자식을 위해서 세상에 못 할 일이 없다고 한다. 그렇다면 사랑하는 자식을 위해, 반드시 관심을 가져줘야 할 일과 알아도 모르는 척해도 되는 일을 구분할 수 있어야 한다. 내 자식을 자신이 제일 잘 안다는 착각으로 시시콜콜 참견하는 건 곤란하다. 자식은 부모가 참견하지 못하는 곳에서 성장한다는 말도 있지 않은가.

사람은 누구나 자신의 나이에 어울리는 생의 조각들을 퍼 담아야 한다. 그러기 위해서는 주변과 소통하고 어울리며 그 나이에만 할 수 있는 경험들을 쌓아야 한다. 그렇게 사람은 스스로 성장해나간다. 부모가 자식의 모든 것을 간섭하며 그 릇을 넓히려 해도, 스스로 깨닫지 못한 그릇은 튼튼할 수 없 다. 진정으로 사랑한다면, 스스로 고민하고 실패를 거듭하면 서 자신만의 단단한 그릇을 만들어가는 모습을 조용히 지켜 봐줘야 한다.

더 멋진 오늘을 사는 방법

"딸은 엄마 팔자를 닮는다"라는 말을 한 번쯤은 들어보았을 거다. 상담을 하다 보면 이런 이야기를 하는 손님이 꽤 많다. 딸의 입장인 사람도 있었고, 어머니의 입장인 사람도 있었다. 결론부터 말하자면, 팔자는 개개인의 고유한 운명과 같아서 누구를 닮고 싶다고 해서 닮을 수 있는 게 아니다.

불행히도 어떤 딸들은 자신의 힘든 삶이 어머니 팔자를 닮았기 때문이라고 말한다. 어머니가 고되게 살아서 그 팔자를 닮은 자신도 이렇게 살고 있다는 거다. 이는 심각하게 비뚤어진 자기방어일 뿐이다. 본인의 불행에 왜 죄 없는 어머니의 과거를 들먹이는 건지, 나는 도무지 이해할 수가 없다. 아니, 어쩌면 그 정도의 사고 수준을 가졌으니 사주가 그토록 옹졸하고 빈약한 건지도 모른다.

반대로 어떤 어머니들은 딸이 자기처럼 살까 봐 걱정한다. 남편 복도, 재물 복도 없는 것 같은 모진 인생을 혹여나 딸이 물려받을까 봐 불안해한다. 분명히 말하지만, 딸은 자기의 운명대로 살아간다. 다만, 이렇게 조마조마해하는 어머니의 행동 자체가 화근이 될 수는 있다. 끝없는 걱정은 결국 불행을 초래하기 때문이다.

부모의 팔자를 원망하거나 자식의 팔자를 걱정하는 손님들을 만날 때면, 내가 만난 가족 중 유난히도 기운이 좋던 사람들에 대해 이야기해준다. 아버지는 법원 경비원인데 아들은 판사인 경우도 있었고, 어머니는 병원 구내식당에서 일하시는데 딸은 의사인 사례도 있었다. 어떤 상담자는 30년을 봉제 공장에서 일하며 홀로 외동딸을 키웠는데, 그 딸이 박사과정을 거쳐 대기업 연구원이 되었다. 그 자식들은 열심히 일하는 부모들을 보며 '노력'이라는 걸 배움과 동시에 어떤 어려운 상황에서도 책임감을 갖고 정직하게 살아야 한다는 걸 깨달았을 것이다. 그들은 넉넉하지 않은 가정환경을 탓하지 않았고, 부모를 원망하거나 부끄러워하지도 않았다. 어떠한 상황에서도 열등감을 느끼기보다는 자신만만하게 자신의 꿈을 이루는 데 매진했을 것이다. 그들은 결코 부모님의 팔자 탓을 하지 않았고 자신의 삶을 스스로 개척해나갔다. 이런 가족들은 만나서 이야기하는 것만으로도 긍정적이고 행복한 삶의 에너지가 느껴졌다.

열등감과 자신감은 성공과 실패를 좌우하는 열쇠가 된다. 그 열쇠를 쥐고 있는 것은 '나'다. 과거의 시간이나 환경이 아닌 현재의 '나' 말이다.

과거의 '나'와 오늘의 '나'는 같지만 다른 사람이다. 물론 숱한 어제들이 모여 오늘의 모습이 완성되는 것이겠지만, 과거를 탓하고 그걸 지금의 내 모습에 대한 핑계로 삼는 것은 부질없다. 현실에서 자신에게 문제가 있다면 그 원인 역시 이 순간에 있는 것이다. 과거가 불행했을 수는 있지만, 그것은 비극의 시발점이 아니며 현재 역시 과거 불운한 삶의 연장선이 아니다.

아픈 가족사가 있었음에도 현재는 행복한 가정을 꾸리며 웃고 있는 사람들도 많다. 그들은 과거의 아픔을 바탕으로 누구보다도 더 가정의 소중함을 아는 사람이 되었을 것이다. 반면, 지금 자신이 처한 불행의 원인을 어릴 적 가정환경 탓으로만 돌리는 사람들도 있다. 그들은 과거 부모님의 불화로 인해 따뜻하고 화목한 가정이 무엇인지 배우지 못했다고 말하며 근본적인 원인을 제대로 찾지 않고 변명거리만 찾는다.

위의 경우 모두 성장 환경이 원만하지 않았지만, 한 부류는 그것을 교훈으로 삼았고 다른 부류는 변명으로 삼았다. 그 결과는 각자의 삶을 완전히 다르게 만들었다. 사람들은 누구나 지금의 감정대로 과거를 이해하려 하지만, 지난 시간에 대한 원망은 현재의 나를 망칠 뿐이다. 어제를 핑계 삼아 오늘을 헛되게 살고 내일을 긍정적으로 보지 못하는 사람에게 찾아올 운이란 없다.

과거를 이해하고 받아들이는 것에서부터 오늘의 변화는 시작된다. 아무리 모질었던 과거라도 그것이 드리운 어두운 그림자를 지금의 마음속에서 걷어내야 한다. 주위를 둘러보면 지금 행복할 수 있는 조건들이 무수히 많다. 그 많은 삶의 아름다움 속에서 오늘은 더 행복해지기 위한 최적의 날이다. 그러니 부디, 어제라는 핑계를 벗고 긍정의 날들을 살기 바란다.

신을 대하는 가장 현명한 태도는

신을 맹신하거나 맹종하지도 말고,

신을 부정하거나 경멸하지도 않는 것.

감히 신과 수평 관계를 이루어

신의 품에 안겨

내 바른 정신으로 겸손하게 살아간다면

신은 없는 것보다 있는 게 좋지 않을까?

· 어느 날, 일기 중에서

신
은

당신 앞에 앉아 있는
사람 눈빛에 있다

4

흔들리기만 하는 사람을 위한 신은 없다

같은 말도 듣는 이의 해석에 따라 다른 의미가 될 수 있다. 모두가 내 마음을 알아주기 바라는 건 무책임하고 이기적이다. 청자에게는 청자의 몫이 있고, 발화자에게는 정확하게 의미를 전달할 책임이 있다. 이는 모든 직업이나 일상생활에서도 마찬가지지만, 나는 무속인이기 때문에 상담자에게 말을 전할 때 특히 더 조심하게 된다.

무속인은 신의 말과 기운을 느끼고 그것을 전달하는 메신저와도 같다. 신의 말을 어떻게 해석하여 전달하느냐에 따라 공수(신의 말을 전하는 것)가 완전히 달라질 수도 있어서, 무속인의 능력과 관점은 매우 중요하다. 이런 이유로 같은 사주를 보아도 무속인마다 말이 다를 수 있고, 한 무속인의 말이 절대적일 수도 없다. 이 직업을 가진 내가 이런 말을 하는 것이 이상하게 느껴질 수도 있겠지만, 자신과 주변의 안위가 궁금해 법당을 찾았다고 할지라도 무속인의 말을 일방적으로 맹신해서는 안 된다. 내게 상담을 오는 사람 중에는 다른 무속인의 말 때문에 힘들어하다가 또 다른 무속인인 나를 찾는 경우가 종종 있다.

음양오행의 원리를 적용한 통계학인 명리학에서 말하는 최고의 사주 풀이란 사람에게 희망과 용기를 주는 쪽으로 사주를 해석하는 것이다. 마찬가지로 무속에서도 올바른 기도 수행을 통해서 신의 말을 상담자의 삶에 도움이 되는 방향으로 전해줘야 한다. 나를 찾아온 사람들이 행복한 삶을 찾아가는 모습에서 직업의 보람과 의미를 찾아야 한다.

안타까운 일이지만, 이 세상에는 타인의 불안한 미래를 이용해 돈을 버는 무속인들이 분명 존재한다. "집안사람이 죽는다", "곧 패가망신할 운이다", "굿을 하지 않으면 이혼한다", "신에게 정성을 들이지 않으면 반신불수가 된다" 등의 입에 담기도 힘든 이야기들은 진정한 무당이 할 말이 아니다. 상담자의 미래에 불길한 상황이 보이는 게 사실이라고 하더라도, 이런 말을 거리낌 없이 하는 무속인은 걸러야 한다. 신은 절대 천박한 방식으로 말을 내리지 않고, 불확실한 미래로 사람을 위협하지도 않는다. 오해의 소지가 있을까 봐 말하건대, 모든 무속인이 다 그런 것은 아니다. 오히려 직업

적 소명을 가지고 힘든 사람들에게 도움을 주기 위해 자기계
발에 애쓰는 분들이 더 많다.

사실 지금의 나도, 내가 생각하는 이상적인 무속인의 삶을
살고 있지는 않다. 그렇기에 더더욱 내 행동에 대해 옳고 그
름의 도덕적 의심을 멈추지 않는다. 나의 한마디에 누군가
피해를 볼 수도 있기 때문에 더욱 조심하려 애쓴다. 그러다
보면 언젠가는 신의 말을 조금 더 완벽하게 통역하는 사람이
될 수 있을 거라 믿는다.

타 종교에서도 신의 이름을 빙자해 그 존재의 뜻을 왜곡하
고 공포를 조성하는 일은 발생한다. 피해자는 신에게 기대고
싶던 순수한 일반인들이다. 이들은 그 해석이 진실인지 아닌
지 파악할 수 없으니, 신의 말을 전한다는 종교인의 이야기
를 전적으로 믿고 따를 수밖에 없다.

어떤 종교든 말을 전하는 이와 그 말을 듣는 사람들의 관
계는 수평적이어야 한다. 수직적 관계가 될 때 진리는 무시
되고, 전해지는 말에도 일방적인 해석이 들어간다. 신의 말
을 전하는 메신저들은 신을 증명하는 자들이 아닌 신의 말을
전달하는 사람일 뿐이다. 그들을 맹목적으로 믿고 따르려 할
때, 균열은 시작된다.

어쩌면 신을 모시는 사람이 이런 말을 한다는 자체가 불경

스러울 수도 있지만, 신의 말을 가장한 탐욕이 타락한 직업 종교인을 만들고 있다. 교회의 첨탑은 높아만 가고, 목사직이 세습되고, 불상이 점점 커져만 가고, 쪼개진 종파들이 집단적인 이익 다툼을 벌이고, 휘황찬란한 신당 앞에서 화려한 무당들이 연기를 하며 유튜브를 통해 광고를 한다. 나는 이 모든 것들이 정상적인 종교라는 생각을 결코 할 수가 없다.

종교인들이나 무속인들은 사람보다 종교, 즉 신을 우선시해서는 안 된다. 사람은 종교 없이 살 수 있지만, 종교는 사람이 없으면 존재 이유가 없다. 세상에 그 어떤 종교도 자기 자신과 내 가족, 내 이웃만큼 특별할 수는 없다. 신은 인간을 굴복시키고 지배하는 존재가 아니다. 인간사에 관여하기보다는 멀리서 그들을 깨닫게 하는 존재이다. 사람보다 귀한 신은 이 세상 어디에도 없다.

그러니 종교인, 무속인들이 전하는 신의 말이 자신의 삶에 악영향을 끼친다면 과감하게 거부해야 한다. 신에게 지나친 의지도 하지 말아야 한다. 자기 삶의 주인은 그저 '나'일 뿐이다. 사람은 모두 훌륭한 자생 능력을 갖추고 있다. 인간 존재의 나약함과 그로 인한 불안한 마음, 그걸 이해하지 못하는 것이 아니다. 다만 모두가 흔들리며 살아간다는 거다. 그렇기 때문에 우리는 굳은 의지로 더 나은 내일을 꿈꾸는 것이다. 어쩌면 신의 말은 종교인의 입을 통해서가 아니라 모두가 가진 내면의 울림 속에서 전달되는 것일지도 모른다.

말을 정확하게 하는 것은 발화자의 몫이고 그걸 어떻게 받아들이냐는 청자의 몫이라지만, 자신이 바로 설 때 그 어떤 말에도 끌려다니지 않을 수 있다. 아무리 어두운 현실이라도 스스로를 믿고 인생의 중심을 잡아갈 때, 비로소 종교와 신의 의미는 더 밝게 빛날 것이다.

어떤 굿은 쇼일 뿐이다

상담을 위해 나를 찾아오는 많은 사람 중에는 간혹 정말 이해 못 할 질문을 해서 나를 아연실색하게 만드는 경우가 있다. 시어머니가 죽는 날을 알 수 있느냐, 굿을 통해 사람을 죽일 수 있느냐, 번창 중인 옆 가게의 사업 운을 꺾을 수 있느냐, 결혼해서 잘 사는 친구의 부부 관계에 금이 가게 할 수 있느냐 등등.

이런 말도 안 되는 이야기들을 얼굴색 하나 바꾸지 않고 하는 모습을 보다 보면, 사람의 사악함과 이기심에 깜짝 놀라게 된다. 나만 잘 살 수 있다면 그 과정과 방법은 아무래도 괜찮다는 태도, 그에 대해 일말의 양심도 느끼지 못하는 듯한 말투는 몇 번을 마주해도 익숙해지지 않는다. 이상하게도 이런 사람들에게는 공통적인 특징이 있다. 삶의 주체가 자신이 아니라는 점이다. 그들은 배 위에서 홀로 표류하는 것처럼 모든 것이 불안하다. 이런 사람을 만날 때면, 정중하고도 단호하게 "점집을 찾을 일이 아니라 당장 나가서 정신과 치료를 받아보세요"라고 말한다. 제정신이 아닌 사람에게 긴말하며 에너지를 소모하고 싶지는 않다.

세상에는 다양한 사람이 저마다의 독특한 생각을 가지고 자기 개성대로 살아가고 있다. 어떤 삶을 추구하든 그 안에는 저마다의 사연과 고뇌가 있다. 그래서 함부로 타인의 삶을 판단해서도 안 되고, 간섭해서도 안 된다. 단, 여기에는 단서가 있다. 타인에게 해를 끼치지 않아야 한다는 것이다. 우리에게는 상식이 있고, 도덕이 있고, 법이 있고, 윤리가 있다. 이것이 인간 사회에서 요구하는 기본인 '선'이다. 이 선을 지키지 못하는 사람은 자유를 주장할 권리가 없다.

내가 무속인의 길에 들어서고 얼마 지나지 않았을 때의 일이다. 강남에 매우 큰 신당을 차려놓고 각계각층의 사람들을 고객으로 둔 무속인에게 연락이 왔다. 그분의 신당에는 20년 가까운 시간 동안 쉼 없이 손님이 들었다고 하니, 이 직업으로 굉장한 성공을 거둔 셈이었다. 그 당시 나는 애동제자였고, 경력이 오래된 선생님들의 말씀은 곧 법이었다. 그분은 오랜 단골손님의 굿을 하게 되었으니 와서 보라고 했고, 나는 그 배려에 그저 감사했다. 선생님들이 일하는 모습을 보고 하나라도 더 배우고 싶던 터였다.

알려주신 날짜와 시간에 굿당에 도착하자마자, 그 규모에 깜짝 놀라고 말았다. 궁중에서 잔치한다고 해도 좋을 만큼 화려하고 다양한 음식이 고급스럽게 차려져 있었다. 그 굿판에서는 스님들도 법문을 하고 바라춤을 출 정도였으니, 절로 눈이 즐거워지는 광경이었다.

이 굿을 의뢰한 손님은 한 여성분과 그의 아들이었다. 이렇게 엄청난 굿판을 준비한 사람답게 외형도 예사롭지 않았다. 딱 봐도 값비싼 옷과 시계, 가방 등, 그들의 차림새부터 남달랐다. 얼마 지나지 않아 옆의 사람을 통해 이 굿을 하는 데 2억이 들었다는 것도 알게 되었다. 어마어마한 금액에 놀란 것도 잠시, 굿은 곧 시작되었고 내게는 몇 가지 의문점들이 생겼다. 음식상 앞에는 아주 귀한 것으로 보이는 비단 보자기가 있었는데, 대체 그 안에 무엇이 들었기에 2억이나 쏟아붓는 것일까. 또 대체 이루고 싶은 소원이 얼마나 간절하기에 저 큰돈을 써 굿을 올리는 걸까. 어쨌건 굿은 계속 진행되었고, 그러던 중 한 무속인이 의뢰인을 향해 "신령님이 잘되게 도와줄 것이다"라는 말과 "꼭 성공할 것이다"라는 말을 되풀이했다. 그럴 때마다 의뢰인인 모자는 두 손을 모으고 "꼭 잘되게 해주세요"라며 연신 소원을 빌었다. 그렇게 한 시간이 지났을까. 무속인 한 명이 드디어 보자기를 풀고 그 안에 있는 것을 꺼냈다. 그것은 뜻밖에도 얇고 노란 서류 봉투였다. 그는 그것을 향해 "200억짜리가 될 물건"이라고 했다.

그 굿의 정체는 알면 알수록 놀라웠다. 의뢰자 중 한 명인 아주머니에게는 어마어마하게 부자인 80세의 아버지가 있었다. 그분에게는 여덟 명의 자식이 있었는데, 살아생전에는 누구에게도 유산을 물려주지 않을 거라고 선언하셨단다. 굿을 의뢰한 아주머니는 몇 번의 사업 실패로 큰돈이 필요한 상황이었고, 아버지에게 거듭 부탁을 했지만 거절당하자 그 재산의 극히 일부인 200억 상당의 건물을 가로채기로 계획했다. 그녀는 중국 브로커에게 큰돈을 주고 건물 위조 서류와 위조 인감도장 등을 만들었고, 그 위조품이 진짜가 되게 해달라며 굿을 한 것이었다. 심지어 그 노인의 손자이기도 한 자기 아들까지 한패가 되어서 모략을 꾸미고 있었다.

아무리 내가 애동제자고, 선생님들의 재주를 배워야 하는 처지라고 한들 이런 굿에 동조하고 싶지는 않았다. 무속인으로서 가져야 할 중요한 가치를 놓치는 기분이었다. 그 전까지는 대단한 선생님들로 보였던 그곳의 모든 무속인에게 한순간 거부감이 느껴졌다. 어쩔 수 없이 마지막까지 굿판을 지키기는 했지만, 그곳에 있는 사람들과는 단호하게 선을 긋

기로 다짐했다.

그 굿으로 인해 위조문서가 진짜가 되었는지, 아버지이자 할아버지의 건물을 도둑질했는지, 그래서 결과적으로 잘 먹고 잘 살고 있는지는 모르겠다. 신의 존재에 대해 아무 의심 없이 믿고 있는 나조차도 어이없는 상황이었으니, 누가 그 굿에 대해 납득할 수 있겠는가. 말도 안 되는 추악한 굿이었지만, 그때 그 장면은 무속인으로 살아가야 하는 내게 적지 않은 교훈을 주었다. 돈다발을 들고 와서 자신들이 원하는 굿을 해달라는 사람을 만날 때, 말 같지도 않은 이유로 굿을 요청하는 손님을 볼 때, 단호하게 거절할 수 있게 되었다. 그 이후로 나는 신의 말을 가장한 무책임한 내 욕심을 경계하게 되었다. 절망과 희망의 간극에서 수없이 고뇌하고 번뇌하며 살아가는 게 인간이라지만, 모든 행위는 상식의 테두리에서 이뤄져야 한다.

신은 인간의 진실 속에서 존재한다. 그 굿을 주관한 무당에게 내가 모르는 신적 믿음이나 원력願力이 있을지도 모르겠다. 하지만 내가 아는 바에 의하면, 그런 모략을 허락하는 신령님은 없고 어떤 신도 가짜를 진짜로 만들지는 못한다. 비뚤어진 생각과 믿음에는 찾아온 운도 달아나는 법이다. 오히려 그런 행동을 하는 자는 조상의 화를 살 것이며 신벌(신이 내리는 벌)을 받아 인생이 더욱 고달파질 것이다.

다시 한번 강조하지만, 인간의 이기심과 탐욕에 답해줄 신
은 없다. 굿은 어디까지나 올바른 일을 도모하기 위한 도움
의 방편으로 봐야 한다. 탐욕의 굿은 공연에 지나지 않는다.
어떤 종교든지, 신의 이름이란 아무 곳에나 가져다 붙일 수
있는 장식물이 아니다. 2억 원, 아니 그보다 더 큰 금액을 들
여 굿을 한다 해도, 그 목적과 정신이 잘못되었다면 그건 굿
이 아닌 쇼일 뿐이다.

나답게 발전하기

우리는 다양한 경험을 통해 세상을 배워간다. 직접 보고 듣고 느끼고 부딪히며 인생의 깊이를 알게 되지만, 내가 경험한 것만이 세상의 전부가 아니라는 것 또한 알게 된다. 그렇기에 더 큰 세상을 이해하고자 책도 읽고, 영화도 보고, 강연이나 인생 선배들의 조언을 들으며 타인의 시선을 엿본다. 다른 사람들의 이야기를 들으며 용기와 희망을 얻기도 하고, 보이지 않는 실체에 대해 분노하기도 한다. 때로는 타인의 비극을 통해 자신의 인생은 그래도 살 만하다며 위로받기도 한다. "세상의 모든 사람은 전부 인생 스승이다"라는 한 스님의 말씀처럼, 다른 이들과 폭넓게 소통하는 일은 내 시야를 넓히고 더 많은 생을 살필 수 있게 한다.

누가 뭐래도, 나에게 SNS는 더 많은 사람을 만날 수 있는 통로이다. 나는 가끔 SNS를 통해 사람들의 간단한 고민거리를 상담해주곤 하는데(이벤트성으로 하는 것이니 이 글을 보고 무작정 DM을 보내 답변을 요청하지는 말길 바란다), 그날도 모처럼 시간이 나서 사람들에게 각자의 고민이나 속마음을 털어놔달라고 글을 올렸다. 그렇게 도착한 여러 통의 사연 중에는 난임으로 힘들어하는 여자분의 글이 있었다.

저는 결혼한 지 3년 차인데요. 아이가 생기지 않아 고민입니다. 어떤 점집에서는 제 사주에 자식이 없다고 하더라고요. 그래도 희망을 놓을 수는 없어서 시험관 아기를 준비 중입니다. 힘든 과정일 거라고 하더라고요. 제가 힘을 낼 수 있게 조언과 덕담 한마디 부탁드립니다.

3년이라는 긴 시간 동안 마음고생했을 걸 생각하니, 그 간절함이 느껴지는 듯했다. 응원의 말뿐 아니라 나만의 방식으로 뭐라도 도움을 주고 싶어 다음과 같이 공개 답변을 적었다.

안녕하세요. 조급해하지 마시고 조금만 더 기다려보세요. 분명 천사 같은 아기가 찾아올 겁니다. 제 작은 정성이 님께 어떤 도움이 될지는 알 수 없지만, 삼신의 문을 열 수 있는 부적을 정성껏 내려

선물로 보내드리고 싶습니다.

　그리고 몇 시간 후, 그 공개 질의문답을 본 제삼자가 내게
메시지 한 통을 보내왔다. 그는 내가 지금 뭔가를 잘못 생각
하고 있는 것 같다며 운을 띄웠다. 자신의 어머니도 결혼 후
아이가 생기지 않아서 무속인을 찾았는데 무자식 팔자라는
말을 들었단다. 그런데도 4년간 정성을 들여 본인과 남동생
이 연년생으로 태어났다는 것이다. 남동생은 장애를 가지고
태어났고, 자신은 지금 별다른 직업 없이 허송세월하고 있으
니 태어나지 말았어야 하는 자식이라 이런 거 아니겠냐는 내
용이었다. 팔자에 없는 자식을 기도로 태어나게 하면 자기와
남동생 같은 꼴이 될 수도 있으니, 사주에 자식이 없다면 그
냥 없는 대로 사는 것이 낫다는 말도 덧붙여 있었다.

　그야말로 궤변이었다. 자기 무능력함의 원인을 본인이 아
닌 부모에게 돌리는 말이었다. 하늘의 뜻이건, 간절히 치성
을 드린 덕이건, 부적 때문이건, 아이가 태어난 순간부터 그
부모는 '무자식 팔자'가 아니다. '유자식 팔자'다. 또 이 세상
의 모든 사람 중 태어나지 말았어야 하는 사람은 없다. 그리
고 그들 중에는 몸이 불편한 사람도 있고 취업에 애를 먹는
사람도 있다. 그렇다고 해서 그들이 모두 부모 탓만 하며 자

신이 왜 태어난 건지 원망하지는 않는다. 모두 저마다의 문제가 있겠지만, 힘든 환경 속에서도 희망을 꿈꾸며 산다. 그렇게 노력하고 또 이겨내며 살아간다.

마음에 벽을 쌓고 문을 닫은 상태로 자신의 판단과 생각 외에는 모두 잘못된 것이라고 여기는 사람들이 있다. 자기가 아는 것이 세상의 전부라는 비뚤어진 착각을 한 채 말이다. 이런 자들은 살면서 겪는 어려움의 근원이 자신의 마음가짐에 있다고 생각하지 않고, 끊임없이 외부에서 핑곗거리를 찾는다. 그리고 자신은 피해자라는 망상에 빠져 있다. 이런 피해망상에 사로잡히는 건 자기 발등을 제가 짓누르는 격이라는 걸 모른 채 세상에 대해 공격적인 사람이 된다. 그 공격은 사실 "나도 너처럼 행복해지고 싶다"라는 울부짖음이지만, 본인은 그걸 인정하지 않고 자신을 더욱 가두어버린다.

비뚤어진 신념에 고립되면 인생의 다양한 확장은 불가능해진다. 자기가 만들어놓은 불행의 창틀 안에서 삶은 비참하게 굴복당하고 만다. 동생이 태어날 때부터 몸이 불편했던 것, 자신이 취업에 어려움을 겪는 것은 따지고 보면 인생 속 하나의 사건에 불과하다. 그것이 인생 전체를 가로막게끔 버려두는 것은 결국 본인이다.

사람에게는 자신의 부정적인 모습을 더 크게 확대 해석하는 경향이 있다. 자신을 있는 그대로 인정하고 바깥세상과 끊임없이 소통하며 긍정적인 메시지를 받아들여야 하지만, 한번 부정적인 생각이 떠오르면 금세 이에 빠지게 된다.

그렇다고 해서 '무조건 다 잘될 거야. 뭐든 다 잘할 수 있어'라는 식의 강압적 거짓 멘트로 자신을 위로할 필요도 없다. 안 되는 일은 안 된다고 인정하면서, 내가 잘할 수 있는 일을 찾는 것이 중요하다. 그래서 때로는 "포기가 성공하기 위한 최고의 테크닉"이라고 말하는 것이다. 진실은 아프지만 그만큼 약이 된다. 불가능을 인정할 때 오히려 자기 증오와 세상에 대한 환멸에서 벗어날 수 있다.

나무는 자연에서 주어지는 수분을 좋은 것, 나쁜 것 구분하며 흡수하지 않는다. 있는 그대로 받아들이고 좋지 않은 건 걸러내고 정화하며 성장해나간다. 그 나무처럼 주어진 환경을 이해하고 받아들이며 발전해나가기를 주저하지 않는다면, 우리 안에 자기혐오나 피해망상이 들어설 곳은 없다.

완벽한 궁합의 실체

흔히들 결혼은 사랑의 결정체라고 한다. 맞는 말이다. 더불어 결혼은 사랑을 전제로 한 일생일대의 가장 큰 협상이기도 하다.

긴 시간 각자의 삶을 살며 성격이나 성장 환경, 신념, 가치관 등 모든 것이 다른 두 사람이 하나의 가정을 꾸리는 과정이 결혼이다. 그만큼 상대의 고유한 특성을 인정하고 이해해 나가야 한다. 각각의 인생에서 주인공은 '나' 자신이지만, 결혼이라는 협상 자리에서는 '너와 나'가 주인공이 되어야 한다. 끝도 없는 이기적인 욕심으로 나만 중심이 되길 원한다면 그 협상은 순조로울 수 없고, 결혼을 하게 된다고 하더라도 첫 단추가 어긋나 있는 셈이다.

결혼은 당사자뿐 아니라 양가 부모님, 형제까지 모두가 가족이 되는 것이기도 하다. 그래서 그들의 의견도 무시할 수 없는 협상 과제가 된다. 자식을 금쪽같이 키운 부모님 입장에서는 결혼에 대한 기대치가 높을 수밖에 없다. 결혼을 본격적으로 의논하게 될 때, 부모님이 가장 까다로운 협상자로 변신하는 이유이다.

미국 대통령이었던 빌 클린턴과 미국 국무장관이었던 힐러리 클린턴은 외동딸의 결혼을 앞두고 이렇게 말해 이슈가 되었다. "자식의 결혼 협상은 중동의 평화 협상을 해결하는 것만큼 어려운 일이다." 이처럼 그 어떤 부모도 자식의 결혼 앞에서 방관자가 될 수 없다.

결혼을 준비하는 과정에서, 그리고 결혼 생활을 이어가면서 곤경에 빠지게 되는 것은 상대에 대해 몰라서가 아니라, 서로를 완벽히 알고 있다는 착각 때문일 가능성이 크다. 특히 상대의 외모, 직업, 재력 등 눈에 보이는 것만으로 쉽게 가치를 규정짓고 결혼을 결심했다면, 삶에서 벌어질 수 있는 무한한 가능성을 배제한 것이다. 물론 상대의 재력이나 직업은 무시 못 할 조건이다. 이를 통해 안정적인 생활을 조금 더 수월하게 보장받을 수 있으니, 당연히 염두에 두어야 한다. 그러나 행복한 결혼 생활에 대한 더 완벽한 보증수표는 좋은 성품이다.

결혼 전 협상 테이블에 앉았다면, 그 사람의 인품과 신념

그리고 앞으로의 목표를 위해 지금 기울이고 있는 노력 등을 꼼꼼하게 확인해야 한다. 연애 기간에는 대부분 서로에게 좋은 모습만 보여주려고 한다. 눈만 봐도 좋고 손만 잡아도 떨리던 순간은 언젠가 끝난다. 결혼이란 좋은 시간도, 어려운 순간도, 시련까지도 함께하는 것이다. 힘든 일이 생기면 그 사람의 진짜 모습이 나온다. 그렇기에 더더욱, 상대의 내면을 보지 못한 채 결혼하게 되면 언젠가는 한계에 부딪힐 수도 있다.

상대를 파악하는 좋은 방법 중 하나는 그 사람의 주변 사람들을 살피는 것이다. 모든 사람은 고유한 정신적 파동을 지니고 있고, 그 결이 잘 맞는 사람들과 친분이 두터워진다. 그래서 상대의 주변 사람들은 그 사람에 대해 알려주는 또 다른 단서가 되기도 한다.

결혼 전 협상 테이블에 절대 올리지 말아야 할 것도 있다. 바로 종교이다. 자기 가족이 믿고 있는 종교를 강요할 생각은 절대 말아야 한다. 며느리는 교회에 다니고 시댁은 절에 다닌다고 가정했을 때, 억지로 전도를 하면 불화의 씨앗만 된다. 시부모님의 평소 언행이 바르고 삶에서 모범이 된다면, 며느리는 살면서 한 번쯤은 시댁의 종교에 관심을 갖게 될 수도 있다. 또 다른 종교임에도 불구하고 며느리가 시댁의 종교를 존중하려는 자세를 보인다면, 시부모님 역시 며느리의 종교에 긍정적인 마음을 갖게 될 것이다.

종교는 각자의 믿음이다. 그 안에는 타인에 대한 강요가 들어 있지 않다. 자신의 종교를 다른 사람에게 권하고 싶다면 항상 바른 마음과 진실한 언행으로 살아가면 된다. 전도란 말이 아닌 자신의 옳은 행동으로 보여주는 것이다.

결혼 생활에서 가장 염두에 두어야 하는 것은 '이해하고 또 이해하는 것, 때로는 보고도 못 본 척하는 것, 상대의 결점에 너그러이 눈감는 것'이다. 이것만 마음속에 담아두고 노력한다면 분명 행복한 결혼 생활을 지속할 수 있을 것이다.

사실, 결혼 준비 과정에만 협상이 존재하는 것은 아니다. 결혼 생활 중에도 협상은 존재한다. 신혼은 눈 깜짝할 새에 지나가고, 노년기까지 장기전이 펼쳐진다. 이 긴 시간을 즐겁게 보내기 위해서는, 서로에게 예의를 지키며 품격 있는 언어를 사용해야 한다. 과거의 결혼 생활이 자녀 출산과 경제적 안정에 바탕을 두었다면, 오늘날은 이런 것을 넘어서 꾸준한 자아 성찰을 통해 부부 각자의 성취감을 충족하는 것도 중요해졌다.

결혼을 앞두고 나를 찾는 사람들 대부분은 궁합을 궁금해

한다. 두 사람의 미래가 달려 있기에 궁합에 관한 한 더 자세히 들여다보려고 한다. 좋은 미래가 그려진다면 더없이 좋은 일이지만, 그중에는 결혼하지 않는 편이 나아 보이는 사람들도 있다. 하지만 이미 결혼을 확정했거나, 혹은 결혼 날짜를 잡은 상태라면 궁합이 좋지 않더라도 도움이 될 만한 말을 해주려고 노력한다. 누군가는 이런 나를 보고 점을 보는 사람이 그러면 어떻게 하느냐고 할 수도 있지만, 내가 아무리 그 결혼의 문제점에 대해 말한다 한들 그들의 결혼이 깨질 확률은 거의 0에 가깝다. 어차피 결혼이 진행될 거라면, 가장 행복한 순간에 마음의 짐을 얹어주는 것보다 에둘러서 다른 방식으로 말해주는 것이 낫다고 생각한다.

어떤 상담자는 무속인마다 하는 말이 다르다며, 이곳저곳 찾아가서 여러 이야기를 듣는다. 궁합을 볼 때는 두 사람의 사주에 기반하여 점수를 매기게 되는데, 무속인마다 좋은 궁합이라고 생각하는 점수의 기준은 다르기 마련이다. 어떤 무속인은 70점을 괜찮은 점수라고 생각하겠지만, 또 다른 무속인은 나쁘다고 생각할 수도 있다. 그러니 누군가 당신들의 궁합이 좋다고 한다면 그것만 생각하고 잘 살기를 권한다.

좋은 궁합이란 무엇일까? 나는 좋은 궁합이란 서로에게 모자란 부분을 채워주는 형상을 의미한다고 생각한다. 완전히 다르게 살아온 두 사람이 만나 상대의 부족함을 서로 따뜻하게 감싸줄 때 "궁합이 좋다"고 이야기할 수 있는 것이다.

수년 전, 그 당시 엄청난 주가를 달리던 인기 연예인과 잘 알려지지 않은 연예인의 궁합을 본 적이 있다. 이 둘의 결혼 소식에 사람들은 의아했을 것이다. 그만큼 인지도나 인기 면에서 둘의 차이는 어마어마하게 컸다. 그러나 내가 본 이 둘의 궁합은 거의 완벽에 가까울 정도로 좋았다. 특히 사주를 통해 본 남자의 인품이나 기운이 너무 훌륭했다. 나는 이들에게 부부 생활은 아주 원만할 것이고, 남자분의 좋은 에너지에 여자분이 영향을 받아 결혼 후의 연예계 활동은 또 다른 측면으로 전성기를 맞이할 것이라고 말해주었다. 그들은 그해 소박하지만 세상에서 가장 눈부신 결혼식을 올렸고, 지금도 많은 사람에게 선한 영향력을 미치며 아름다운 섬에서 행복하게 살아가고 있다.

처음부터 완벽한 부부는 없다. 완벽한 결혼 생활도 없다. 완벽을 꿈꿀수록 조그만 충격에도 쉽게 부서지게 된다. 다만, 나 자신을 사랑하는 만큼 상대를 사랑하고 내 가족을 사랑하는 만큼 상대의 가족을 사랑하려고 한다면 완벽에 가까워질 수 있다. 소중한 인연을 만나 부부라는 관계 속에서 성숙해지고 자신의 부족함을 채워가는 과정이 결혼 생활이다. 그 하루하루를 모아 아름다운 삶으로 만들어나가는 것, 그게 부부가 이뤄낼 수 있는 최고의 가치이자 좋은 궁합의 실체라고 생각한다.

이 세상 최고의 존재

회계사라는 멋진 직업을 가지고도 어릴 적부터 품어온 외교관이란 꿈을 이루기 위해 다시 공부를 시작한 사람이 있었다. 그녀는 2년 만에 자신이 원하던 바를 이뤄냈다. 직업 특성상, 몇 개월 후면 해외로 나가 최소 2년은 근무를 해야 했다. 그녀는 출국 준비를 하던 중, 친구의 결혼식에 참석했고 그곳에서 만난 한 남자와 사랑에 빠졌다. 오랜만에 찾아온 사랑이었다. 만남을 이어갈수록, 이 사람이 진짜 인연이라는 확신이 들었다. 뭐 하나 나무랄 데가 없는 사람이었고, 결혼 상대로도 손색이 없어 보였다. 하지만 이제 막 그녀의 오랜 꿈이 시작되려 하고 있었다. 그녀는 곧 외국으로 가야 했고, 거기서 긴 시간을 일하게 될 터였다. 그렇다고 이 사랑도 놓치고 싶지는 않았다. 교제 기간이 조금만 더 길었다면, 서로를 이해할 시간적 여유가 있었다면 고민이 깊지 않았을 거다. 멀리 떨어져 있어도 각자의 위치에서 최선을 다하며 사랑도 이어갈 수 있었을지 모른다. 만나자마자 몇 년이나 떨어져 있는 게 정말 가능할까, 그녀는 고민스러웠다. 오랜 꿈을 포기하고 싶지도, 운명 같은 사랑을 놓치고 싶지도 않았다.

이 상담자는 어떤 선택을 해야 훗날 후회가 없을지 알고 싶다며 나를 찾아왔다. 이 여성과 같은 상황에 놓인다면, 당신은 일과 사랑 중 어떤 선택을 하겠는가? 물론 '왜 하나를 선택해야 하지? 사랑과 일을 같이 할 수도 있을 텐데?'라고 반문할 수도 있을 것이다. 내 생각도 별반 다르지 않지만, 상담을 하다 보면 둘 중 하나를 선택해야만 하는 상황에 놓인 사람들을 종종 보게 된다. 8년 만에 완벽한 사랑이 찾아온 것 같다고 수줍게 고백하던 위의 상담자도 마찬가지였다.

일과 사랑은 둘 다 포기할 수 없는 의미와 가치를 지닌다. 이 두 가지에 만족감을 느끼며 사는 것이 누구나 원하는 가장 건강한 삶일 것이다. 어떤 인간관계든 그 핵심은 상대방과 조화를 이루는 동시에 자신의 정체성과 가치를 지키는 것이다. 자기를 내려놓으면서까지 사랑하는 사람을 위해 배려하고 양보하는 것이 과연 좋은 선택일까?

우리는 인생의 긴 시간 동안 자신의 미래에 대해 고민하고, 이루고 싶은 꿈을 현실로 만들기 위해 최선을 다한다. 직업은 일상생활을 가능하게 한다는 생존적 기능 외에도 사회에서 개인의 가치를 증명하는 역할을 한다. 개인과 사회를 연결하는 가장 큰 장치이며, 각자에게 성취감과 소속감을 부여하여 삶에 활기를 준다.

그렇다면 사랑은 어떤가? 사랑에는 무엇과도 비교할 수 없는 순수한 가치가 있다. 이는 우리 삶의 가장 강력한 요소다. 이해타산적으로 따질 수 있는 게 아니다. 직업은 살면서 갖게 되는 수많은 개인의 역할 중 하나일 뿐이다. 그렇기에 아무리 좋은 직업도 사랑을 위해서는 포기할 수 있다. 그게 어리석은 일은 아니다. 반대로, 오랫동안 간직한 자기의 꿈을 위해 사랑을 포기할 수도 있다. 그것이 나를 더 행복하게 만든다면 말이다.

물론, 사랑과 일 둘 다 잡고 그것들의 균형을 맞춰가며 사는 사람도 있다. 나는 모두가 그런 삶을 살기를 바라지만 시대가 너무 많이 변해버렸다. 현재를 사는 사람들에게는 사랑이 유독 넘치는 것 같으면서도 반대로 그 사랑이 빈곤한 것 같기도 하다. 사람뿐 아니라 반려동물, 취미 활동, 차, 패션, 직업 등 애정을 쏟을 것들이 많은 세상이다. 편리하고 멋진 사랑의 대상들이 즐비한 사회에서 현명한 사람이라면 과연 일과 사랑 중 어떤 것을 선택할까? 이 딱 한 번의 선택 앞에서 누군가는 가장 현명한 답을 내리기도 할 테지만, 또 누구는 평생 후회하기도 할 것이다. 인생이라는 긴 마라톤에서 한 번의 결정으로 삶의 결과가 바뀐다는 것은 잔인하지만 현실이다.

조금이라도 더 나은 미래를 위해서는, 현재의 감정이 아니라 장기간 나를 더 가슴 뛰게 해줄 만한 것이 무엇인지 고민해야 한다. 선택은 각자의 몫이다. 원하는 직업을 포기하고 사랑을 택할 용기와 능력이 있다면, 그리고 사랑을 포기하는 대신 꿈꾸던 일을 시작할 담력과 자신감이 있다면, 자신이 원하는 방향으로 밀고 나가면 된다. 그렇다면 혹시 이후에 후회하더라도 좋은 경험이었다고 생각할 수 있다. 그러나 확신 없이 누군가의 이목을 고려해 내린 선택은 결국 후회만 남길 것이다.

지금 우리의 모습은 과거의 선택들이 쌓여서 만들어졌다. 미래의 모습 또한 이 순간의 선택들이 모여 만들어질 것이다. 사랑과 일, 무엇을 택하든 자신이 가장 행복할 수 있는 가치를 따른다면 그게 당신의 답일 것이다. 그럼에도 도저히 무언가를 선택하기 어렵다면, '이 세상 최고의 존재는 나'라는 걸 기억하기를 바란다.

지금, 사랑과 현실 사이에서 고민하는 사람이 있다면, 이 말이 도움이 되었으면 한다.

  "하늘에서 점지해준 인연이라면, 자신이 이루고 싶은 직업을 선택한다 해도 그 사랑이 끝나지 않고 결국은 더 단단하게 이어진다. 그것이 바로 '특별한 인연'이라는 것이다. 또 진정으로 사랑하는 사람이라면 서로의 미래를 위해 마음으로 지지할 것이다. 그런 사람만이 당신의 멋진 짝이 될 자격이 있다."

간절히 기도하는 시간

강원도 양양의 낙산사에는 거대 불상인 해수관음상이 있다. 동해가 한눈에 들어오는 절벽 위에 서 있는 불상은 그 크기만큼이나 압도적인 존재감을 내뿜는다. 해수관음상 입구 오른쪽에 있는 계단으로 몇 걸음 내려가면 작은 암자가 하나 있는데, 그곳에서는 불상의 흉부를 보며 기도할 수 있다. 암자에서 보는 불상은 그 자체로도 위엄이 있지만, 그곳의 기운 역시 너무도 특별하게 느껴진다. 그 비범한 기운 때문에 나는 자주 그 암자를 찾아 천 배 기도를, 가끔은 삼천 배 기도를 올린다. 그렇게 정성을 다해 기도하고 나면, 동해와 백두대간의 정기까지 덤으로 받는 것 같다.

그날도 나는 새벽녘의 낙산사에 도착했다. 워낙 이른 시간이라 나밖에 없을 줄 알았는데, 이미 그곳에 자리를 잡고 기도하는 젊은 청년이 있었다. 눈물까지 흘려가며 간절히 무언가를 비는 모습이 애처로워 보였다. 하긴 사연 없는 기도가 어디 있겠는가. 나도 그 한편에 자리를 잡고, 손님들의 소원을 생각하며 조용히 기도를 시작했다. 그렇게 세 시간 정도가 흘렀을까. 나는 잠시 기도를 멈추고 한숨 돌리기 위해 암자 밖으로 나왔고, 그곳에서 다시 그 청년을 마주했다. 새벽부터 기도하러 오는 사람 대부분은 나 같은 무속인 아니면 연세 지긋하신 어르신들이다. 갓 대학생이 됐을 법한 청년의 모습은 이곳과는 어울리지 않는 것 같기도 했고, 기도하는 모습에서 안쓰러움마저 느껴졌기 때문에 나는 청년에게 말을 걸게 되었다.

청년은 강원도에서 어머니와 단둘이 사는 스물한 살의 휴학생이었다. 그는 자기소개를 하며 나이에 어울리지 않는 깊은 한숨을 내쉬고는, 다음 말을 내뱉기 전까지 잠시 머뭇거렸다. 그러다가 어머니가 3년 전 교통사고를 당해 장애를 갖게 되었다고 말했다. 어머니는 그 사고로 인해 하루아침에 왼쪽 다리를 못 쓰게 되었고, 왼쪽 눈도 실명했다. 그 당시에 청년은 고등학생이었지만, 어머니의 단 하나뿐인 보호자이기도 했다. 갑자기 어머니의 건강에 큰 문제가 생겼으니, 어머니를 보호하며 학교에 다니는 것 외에도 금전적인 문제 등 어린 청소년이 감당하기엔 참으로 버거운 상황이었을 것이다.

청년은 경제적인 어려움을 차치하고서라도 정신적으로 점점 지쳐갔다며, 그때부터 지금까지 단 한 번도 제대로 웃어본 적이 없다고 했다. 자기에게 들이닥친 현실을 원망도 하고 도망치고도 싶었지만, 어머니를 생각하며 늘 버텨왔다는 청년이 안타까우면서 대견했다.

　계속해 이어지는 청년의 이야기에 나는 더욱 마음이 아플 수밖에 없었다. 청년의 어머니는 오래전부터 신내림을 받아야 한다는 이야기를 들어왔다고 했다. 찾아가는 점집마다 신을 받지 않으면 반신불수가 될 거라는 똑같은 말뿐이었다. 그런데도 그의 어머니는 자신이 신내림을 받으면 하나뿐인 아들이 괜한 손가락질을 받고 취업과 결혼에 어려움을 겪을까 봐, 지금까지도 신내림을 거부하고 있었다. 어머니의 사고 이후, 그리고 건강이 점점 안 좋아지는 걸 보며 아들은 몇 번이고 신내림을 받으시라 설득했지만, 아직은 때가 아니라는 어머니의 고집은 완고했다. 그러니 어머니를 위해 기도를 하는 것 외에 자신이 할 수 있는 것이 없다는 청년의 말은 처연하고 가엾고 간절했다.

　청년은 정말 신이라는 존재가 있다면, 자신이 긴 시간 정성을 다해 올리는 기도를 분명 들어주실 것이고 이 기도를 들어주지 않는다면 세상에는 신이 없는 거라고 했다. 그가 간절히 비는 내용은 어머니의 신내림을 막아달라는 것이 아니었다. 그저 자기 어머니의 바람만이라도 들어달라는 거였다. 자기가 아무리 설득을 해도 어머니의 고집을 꺾을 수 없으니, 자신이 직장을 잡고 결혼할 때까지만 어머니가 건강하시길, 오직 그것만을 위해 오늘도 이곳에서 기도했다고 말했다. 이 청년의 단단한 마음은 마치 거대한 존재 앞에 선 초라한 한 인간의 가장 강력한 저항처럼 보였다.

청년의 현실은 비록 비루했지만, 그가 어머니를 위해 올리는 기도의 진정성만큼은 그 무엇과 비교할 수 없이 강했다. 그는 어머니에 대한 사랑으로 가득한 사람이었다. 극히 사소한 일에도 감정을 통제하지 못하고 절망 속으로 빠져들었던 내 지난날과 비교되어, 청년이 더욱 훌륭하게 보였다.

무속의 세계를 조금이라도 알고 있는 사람에게는 청년의 어머니가 무모하고 미련해 보일 수도 있다. "아무리 거부해도 안 될 텐데, 왜 저리 고집을 부릴까?"라고 쉽게 말할 수도 있을 것이다. 하지만 신내림을 받을지 말지를 결정하는 건, 당사자 외에 그 누구도 함부로 말하고 판단해서는 안 된다. 청년의 어머니 역시 거부할 수 없음을 알고 계실 거다. 다만, 아들의 약점이 되지 않기 위해 자신의 몸이 부서져라 참으며 신을 거부하고 있는 것이고, 이런 어머니의 마음을 아는 청년은 자기 나름의 방법으로 어떻게든 그 선택을 돕기 위해 시간이 날 때마다 천 배 기도를 하고 있는 것이다. 이는 그 어떤 부모 자식의 모습보다 아름다운 한편 너무도 가슴 아픈 모습이었다.

이야기를 마친 청년은 암자로 들어가 다시 간절히 기도하기 시작했고, 나는 떨어진 곳에서 기도하며 그의 상처 입은 마음이 조금이라도 치유되기를 진심으로 바랐다.

"간절한 기도는 고목에도 잎을 피우게 하고, 무쇠도 녹게 만든다"라는 우스갯소리를 들은 적이 있다. 기도는 자신이 처한 문제를 해결하고자 하는 바람이기도 하지만, 헝클어진 마음을 다잡고 자기 자신을 위로하며 마음의 균형을 찾아가는 과정이기도 하다. 거미줄처럼 얽히고설킨 세상을 살아가는 사람들에게는 조용히 두 손 모아 기도하며 숨을 돌리는 시간이 필요하다. 그 기도에는 자기 성찰 따위는 없어도 된다. 세상의 잡념을 잠시 내려놓기만 해도 된다. 기도에는 구멍 난 마음을 조금씩 메워주는 힘이 있어서 그 행위만으로도 우리는 삶의 상처에서 회복될 수 있다.

마음이라는 호수 하나

걸핏하면 자신의 감정을 주체하지 못하고 욱하는 성질을 드러내는 사람들이 있다. 사사로운 단점처럼 보이기도 하는 욱하는 성질은 어쩌면 열등감보다 더 심각한 마음의 병일 수도 있다. 적대심, 피해망상, 불안감이라는 감정들이 섞여 그런 기질을 만든다. 일종의 자기방어인 셈이다. 그들은 단순히 넘어가도 될 문제를 크게 키우기도 하며, 어떤 문제에 직면했을 때 논리적으로 생각하고 행동하기보다 즉흥적으로 치밀어 오르는 감정에 충실한다.

갑작스럽게 치솟는 이 격한 감정은 천둥 번개와 같다. 요란하게 으르렁대지만 몇 초도 지나지 않아 흔적도 없이 사라진다. 그러나 이 감정이 사라진 후에는 '화'라는 불덩어리가 가슴 안에 남게 된다.

사실, 감정이라는 것은 우리 의지와는 상관없이 표출될 때가 많다. 순간적으로 생겨나는 것이기에 더더욱 그렇다. 그렇기 때문에 이것들을 조절하기란 좀처럼 쉽지 않지만 인간은 더불어 살아가는 존재이기에 제어하기 어려운 이 감정들조차 잘 통제하려고 연습해야 한다.

가장 큰 문제는, 우리가 가장 쉽게 기분이나 감정을 드러내는 상대가 가족이나 연인, 친구 등 가까운 사람들이라는 점이다. 나를 제일 잘 알고, 나도 제일 믿고 있기에 내가 어떤 감정을 드러내도 괜찮을 거라고 오해하고 착각한다. 사랑하는 사람에게 자신의 감정을 절제하지 못하는 태도는 습관으로 이어질 가능성이 크다. 누군가는 사랑을 이유로 상대의 욱하는 성질을 참고 이해해주려 노력하겠지만, 그럴수록 상대의 거칠고 공격적인 면은 더 자주 그 모습을 드러낼 것이다. 그런 상황이 되면 주변 사람은 점점 인내심의 한계에 부딪힐 수밖에 없다.

어떤 스님께서 "인생은 멋대로 사는 것이다. 내가 원하는 대로 사는 것이 인생이다. 단, 내가 자유롭게 살 권리는 있지만, 남을 해칠 권리와 자신 때문에 남의 행복을 막을 권리는 없다"라고 말씀하셨다. 어떤 삶을 살든, 그것은 개인의 자유다. 하지만 남의 삶을 방해하면서 누릴 자유는 그 누구에게도 없다. 감정이라는 것은 온전히 내 것이기에 마음껏 분출

할 수 있지만, 그만큼 타인에게 해를 끼칠 수도 있음을 알고 경계해야 한다. 특히 자신의 못난 행동으로 인해 사랑하는 사람이 괴로워하고 주변인들이 곤란해한다면, 결국은 모두가 곁에서 떠나버리고 세상에서 고립될 것이다. 끓어오르는 감정을 절제하지 못하고 전부 표출하는 것은 스스로에게 칼을 겨누는 일이다.

욱하는 성질이 얼마나 안 좋은 것인지에 대해 이야기를 할 때면 꼭 이렇게 반문하는 사람들이 있다.

"내가 좀 욱하긴 하지만, 잘해줄 때는 엄청 잘해주는데? 그러니까 다들 이해해줘야 하는 거 아니야?"

이 말은 가장 큰 착각이자 변명이다. 10 빼기 1은 9가 정답이지만, 때로는 0이 정답이기도 하다. 단 하나의 단점이 나머지 장점을 전부 무용지물로 만드는 경우가 있기 때문이다. 욱하는 성질처럼 말이다. 나는 저렇게 반문하는 사람을 만나면 꼭 이렇게 되묻는다.

"그렇다면 당신은, 당신처럼 툭하면 욱하고 성질내는 사람과 잘 지낼 수 있습니까?"

열이면 열, 다 머뭇거린다. 그렇다. 이미 답을 알고 있는 것이다. 주변 사람들이 나를 이해해주려고 노력한다면 고마워하며 내 단점을 고치려고 애써야 한다. 그 마음을 자기 합리화에 이용만 한다면, 머지않아 자신과 함께 발맞춰 걷고 있던 사람들이 모두 떠나가고 세상을 혼자 걷게 될 것이다.

물론 감정을 절제하는 일은 세상 무엇보다 어렵다. 불쑥불쑥 튀어나오는 화가 자신의 단점임을 인지하더라도, 그것을 조절하기란 좀처럼 쉽지 않을 것이다. 보통은 이런 기질 때문에 심각한 곤욕을 치른 후에야 비로소 제대로 고쳐보고자 노력을 시작한다. 하지만 크게 봉변을 당했을 때는 이미 자신을 비롯해 주변 사람들까지 타격을 입은 후일 가능성이 크고, 그때는 이미 돌이킬 수 없는 강을 건넌 후일 수도 있다. 그러니 늦지 않게, 자신의 문제를 수시로 체크하고 고치려 노력해야 한다.

이미 많이들 알고 있는 방법이겠지만, 욱하는 감정이 불현듯 치밀어 오를 땐, 힘껏 짓눌러봐야 한다. 딱 5분만 참으면 화를 면할 수 있다. 그 순간을 견뎌내는 것이 아주 중요하다. 점점 더 시간을 늘려가면 좋겠지만, 시작부터 무리하지 않아도 된다. 욱하는 감정은 그 자체가 문제이기도 하지만, 그 순간에 나오는 거친 말과 행동이 더 큰 말썽이 된다. 5분의 시간은 짧아 보이지만, 꽤 많은 말과 행동을 거르기엔 충분하다.

갑자기 치솟는 화를 '소금'에 비유한 스님 말씀을 들은 적이 있다. 욱하는 감정이란 이름의 소금을 작은 찻잔에 녹여 마시면 짤 수밖에 없지만, 큰 호수에 녹여 마시면 짠맛이 미세하다는 이야기였다. 우리 마음의 평수가 작다면 사소한 자극에도 화가 올라오겠지만, 마음을 크게 갖는다면 그 화가 아무런 문제가 되지 않는다.

마음에 큰 호수를 가지려는 노력은 그 어떤 기질도 바꿀 수 있는 열쇠가 된다. 그러니 잠시 눈을 감고, 기도하는 마음으로 '크고 넓은 마음을 갖자'라고 되뇌어보자. 넓은 마음의 평수라는 것은 처음에는 상상일 뿐이겠지만, 그 다짐을 반복하는 것만으로도 우리도 모르는 새 조금씩 실제로 넓어질 것이다. 우리는 각자의 마음에 크고 잔잔한 호수 하나를 품고 살아야 한다.

믿기지 않는 이야기, 빙의

'빙의'란 산 사람의 몸에 다른 영혼이 옮겨 붙는다는 뜻이다. 원한이 있는 혼령이 앙심을 품은 사람이나 불특정한 사람에게 붙기도 하지만, 내가 만난 손님 중에는 망령의 한 때문에 빙의가 된 경우는 극히 드물었다. 오히려 혼령의 애착 때문인 경우가 많았다.

어느 날, 중년의 여성분과 그녀의 외아들이 나를 찾아왔다. 두 모자는 얼마 전 불행한 일을 겪은 터였다. 6개월 전, 대주大柱(무당이 단골집의 사내 주인을 이르는 말)가 회사에서 심장마비로 쓰러졌고, 병원으로 옮기는 도중 사망한 것이다. 가족들은 망자와 마지막 인사를 나눌 새도 없었다. 아침에 멀쩡하게 출근한 남편이 몇 시간도 지나지 않아 주검으로 돌아오자, 누구보다 단란했던 가정의 남은 가족들은 힘든 시간을 보내야 했다. 반년이라는 짧지 않은 시간이 지났음에도, 남편에 대한 사랑이 각별했던 여성분은 여전히 슬픔에 잠겨 있었다.

같이 온 아들은 내게 어머니에 대한 걱정을 털어놓았다. 아버지가 돌아가신 이후, 어머니가 달라졌다는 것이다. 최근 어머니는 아버지가 생전에 즐겨 입던 양복 재킷을 걸치고 집에서 멍하니 앉아 있는 일이 잦다고 했다. 나를 찾아온 날에도 어머니의 눈은 초점이 완전히 흐려져 있었다. 남편의 서류 가방을 움켜쥔 채였고, 머리는 오랫동안 손질을 하지 않은 듯 산발이었다. 그녀는 몹시 불안해 보였고, 여자 목소리라고는 믿을 수 없을 만큼 굵은 톤으로 "내 공주 불쌍해서 어쩌누"라는 말을 연신 내뱉었다. 세상을 떠난 남편이 빙의되어 있음을 단번에 알 수 있었다. 아들이 덧붙인 말에 의하면, 여태껏 안방에는 아버지가 쓰던 물건이 그대로 있으며 어머니는 가끔 아버지와 똑같은 말투로 자신에게 말을 한다고 했다. 물론 병원 치료도 받아봤지만, 증상이 전혀 호전되지 않았단다.

가족 간의 빙의는 여러 모습으로 나타난다. 이 어머니의 경우처럼 망자와 산 사람이 서로를 놓지 못할 때 주로 빙의가 일어난다. 사랑하는 사람을 떠나보내야 하는 심정은 이루

말할 수 없이 슬프겠지만, 망자의 극락왕생을 위해서라도 산 사람은 하루빨리 일상으로 돌아가야 한다.

빙의는 영혼이나 절대적인 신의 영향으로 자신 안에 새로운 인격이 나타나 전혀 다른 사람처럼 행동하게 되는 것이다. 자신의 신체를 다른 영혼에게 점거당하는 것이므로, 오랜 시간 내버려두면 폐인이 되거나 자살까지도 이를 수 있다.

무속에서는 빙의를 가리켜 흔히 '귀신에 씌었다'라고 한다. 죽음으로 육체를 잃어버린 영혼이 산 사람의 몸에 들어오는 것이기 때문이다. 정신의학적 측면에서는 빙의를 다중인격장애로 진단하기도 한다고 들었다. 나를 찾아오는 손님 대부분은 장시간 정신과 진료와 약물 치료를 받았음에도 전혀 호전되지 않은 사람들이다. 나는 다양한 상담 사례를 겪어보며 다중인격장애와 빙의는 전혀 다른 부류로 봐야 한다고 확신하게 되었다. 모든 병은 의사가 다뤄야 하는 게 맞다. 질병을 굿으로 낫게 한다는 무식한 말에는 나도 공감하지 못한다. 다만 빙의는 다른 문제다. 빙의를 해결하는 데 있어 핵심은 산 사람의 몸을 점령한 망자의 혼을 달래서 극락왕생할 수 있게끔 길을 열어주는 것이다.

빙의는 당사자뿐 아니라 가족을 포함한 주변인 모두를 괴롭게 만든다. 그러므로 적극적으로, 정확한 판단과 방법을

동원해 그들이 고통에서 벗어날 수 있게 도와야 한다. 때로는 과학으로 설명할 수 없는 것들을 인정해야 한다. 그래야 지금도 어디선가 빙의로 힘든 시간을 보내고 있을 많은 사람에게 단비가 되어줄 수 있다. 그러나 여전히 과학적으로 증명되지 않았다는 이유로 빙의 치료의 일환인 천도재나 구병의식을 꺼리는 사람이 많다. 산 사람의 육체에 들어온 영혼을 불러내 그가 가야 할 길로 인도해줌으로써, 빙의로 인해 고통받는 사람을 치유하고 더 큰 액을 방지하는 것이 천도재와 구병의식의 목적이다. 기독교나 천주교에서 이루어지는 구마의식도 이와 비슷한 맥락이긴 하지만, 빙의한 영혼을 악령으로 인식하고 강하게 내쫓는다는 점에서 무속의 방법과는 차이가 있다. 무속에서는 빙의된 영혼의 한과 미련을 달래주고 위로한다. 그 과정을 통해 비로소 응어리를 푼 영혼이 산 사람의 몸에서 빠져나오고, 빙의에 시달리던 사람이 온전한 몸과 마음으로 회복될 수 있다.

빙의에 대해 아무리 이야기한들, '세상에 그런 게 어디 있어?'라고 생각할 수도 있다. 그렇다면 이렇게 생각해보면 어떤가. 평상시에 우리가 주변에서 좀도둑을 만나는 일은 흔치 않지만 경찰서 창살 안에는 좀도둑이 득실득실하다. 이와 마찬가지로, 일반인이 빙의로 고통받는 사람을 만날 일은 거의 없으나 무속인인 나는 빙의로 괴로워하는 사람들을 수도 없이 만나게 된다.

또 다른 형태의 빙의도 있다. 횡액(천재지변이나 전혀 예상치 못한 사고와 같은 재앙)을 당하거나 객사한 망자가 자연으로 스며드는 '자연 빙의'다. 사람이 죽으면 영혼은 하늘로 올라가고 육체는 한 줌의 흙으로 되돌아가는 것이 자연의 이치다. 순리를 거스르면 큰 말썽이 따른다는 것은 의심할 여지가 없다. 그런데 가끔은 구천을 떠돌던 영혼이 사람 아닌 물건에 빙의한다. 하나의 예로 교통사고로 비명횡사한 경우, 사고가 난 장소에 망자의 영혼이 그대로 머무르다가 나무, 바위, 도로, 물 등의 자연이나 근처의 물건들에 자리 잡는다. 유독 사고가 자주 난다는 장소에 관한 이야기를 들은 적이 있을 것이다. 지리적으로는 사고의 위험이 없는 곳임에도 똑같은 위치에서 비슷한 시간대에 사망 사고가 연속해서 발생한다면, 자연 빙의를 의심해봐야 한다.

이런 자연 빙의로 인해 나를 찾아온 상담자가 있었다. 화가 남편을 둔 한 아주머니셨다. 그녀를 보는 순간 집 안의 대들보가 썩어서 흔들리는 게 눈에 들어왔다. 내가 본 바를 말하자, 아주머니는 웃으며 아파트에 살기 때문에 집 안에 대들보가 없어서 다행이라는 농담으로 대답했다. 하긴, 내가 생각해도 좀 웃긴 말이었다. 요즘 세상에, 그것도 서울에 대들보가 있는 집이 몇 채나 된다고 저런 말을 했난 말인가. 그만큼 말한 나도, 들은 손님도 대수롭지 않게 생각하며 상담을 이어갔다.

아주머니가 날 찾아온 이유는 당신의 꿈 때문이었다. 3개월 전, 남편이 중고 시장에서 아주 오래된 나무뿌리로 만든 탁자를 하나 사서 작업장에 들였다고 한다. 그 탁자는 겉보기에도 심상치 않은 기운이 느껴지는 물건이었다. 그 탁자가 들어오던 날, 아주머니는 꿈을 꾸었는데 어릴 적 살던 고향 마을의 큰 성황나무가 베이고 동네에 줄초상이 나는 내용이었다. 그 꿈도 기묘했지만, 더 이상했던 건 탁자가 작업실로 들어온 후 완전히 바뀌어버린 남편의 그림이었다. 평생 밝고 생기 넘치는 그림만 그리던 남편이 갑자기 완전히 어두운 느낌의 작업에만 몰두하고 있었다.

아주머니의 이야기를 들으면 들을수록 문제가 분명히 보였다. 그해 아주머니 남편의 사주에 아주 거친 횡액 수가 들어와 있었다. 집 안에 물건이 잘못 들어오면 동토(땅, 돌, 나무 따위를 잘못 건드려 지신地神을 화나게 하여 받는 재앙)가 생겨 우환이 따른다. 이 집은 그 나무뿌리 탁자가 문제인 것으로 보였고,

그걸 반드시 치워야 한다고 당부하며 상담을 마쳤다.

며칠 후, 아주머니에게서 연락이 왔다. 남편이 탁자를 절대 못 치우게 한다는 것이었다. 어떻게든 치워야 한다고 말씀드렸지만, 소용이 없었나 보다. 일주일 후, 안타깝게도 남편은 스스로 목숨을 끊었다. 나무뿌리로 만든 그 탁자에는 자살로 세상을 뜬 망자의 영혼이 붙어 있었고 이를 들인 남편이 급살을 맞은 것이다. 그 물건 하나로 인해 괴이한 꿈을 꾸고 점집까지 오게 됐지만, 결국 아주머니는 허망하게 남편을 떠나보냈다.

무속인으로 지내며 내가 경험한 바에 의하면, 아주 오래된 나무뿌리로 만들어진 물건이나 큰 돌로 만든 불상 그리고 오래된 석탑이나 비석 같은 물건을 함부로 집에 들이는 건 위험하다. 이런 물건이 모두 그렇다는 건 아니지만, 잘못 들인 가구나 소품 때문에 집 안의 기운이 완전히 바뀌고 한 개인의 사주가 완전히 꺾이는 경우를 나는 왕왕 목격했다.

여전히 빙의라는 것에 많은 이들이 반신반의할 것이다. 빙의가 미신으로 여겨지는 풍토 속에서 내가 아무리 그간의 상담 사례들을 말한다 한들, 이것들이 가십거리로 들릴까 봐 우려도 된다. 그럼에도 이야기를 하는 것은, 이 믿기 힘든 사례는 완벽한 진실이고 어쩌면 우리 역시 이런 일을 겪을 수도 있다는 사실을 간과하지 않기를 바라기 때문이다. 무속은 여전히 사회의 구석 저편에 내몰려 있지만, 이 순간에도 누군가는 무속인의 도움을 필요로 한다. 나는 이런 가십거리 같은 이야기들을 통해서라도 지금 빙의 때문에 고통받고 있을 사람들에게 도움을 주고 싶다. 그게 단 한 명일지라도 말이다.

비과학적이라는 것은 단순히 과학적이지 않다는 것이 아니라, 과학으로 도저히 증명할 수 없다는 뜻이기도 하다. 나는 무속이 그렇게 받아들여지기를 바란다. 사람들이 신을 맹신하기를 바라지는 않지만, 무시하는 일도 없었으면 좋겠다.

좋은 일도, 나쁜 일도 없을 것 같은

오늘.

나에겐 이런 날이 특별한 날이다.

· 어느 날, 일기 중에서

한 줄 요약은

어려운 인생 레시피

엄마가 보고 싶다

내가 20대 초반이었을 무렵, 아버지가 보증 사기를 당해 하루아침에 집안이 풍비박산되었다. 그 전까지는 평탄하고 화목한 가족이었다. 사실 지금도 나는 아버지가 보증을 선 게 어떻게 잘못된 것인지 자세한 내용을 모른다. 그 당시 나는 학생이었고, 내막을 알아봐야 크게 도움이 될 방법도, 달라질 것도 없었으니 아무것도 묻지 않았다.

가지고 있던 모든 것이 사라진 그날, 술을 한 잔도 못 하시던 엄마는 대접에 식혜를 채우고 그 위에 양주를 부어 벌컥벌컥 들이켜셨다. 그 독한 술을 반병 가까이 비우시고 큰 한숨과 함께 잠드신 어머니의 모습이 어찌나 애처롭던지, 나는 작은 가슴을 태울 수밖에 없었다.

다음 날 아침은 신기하게도 평소와 전혀 다를 바 없는 평범한 날이었다. 엄마는 여느 때와 마찬가지로 이른 시간에 일어나 가족을 위한 아침 식사를 준비하셨다. 가끔 엄마의 한숨 소리가 들리긴 했지만, 아버지를 추궁하지도 비난하지도 않으셨다. 아버지께서 아침 식사를 제대로 하지 못하시자 엄마는 밥상을 물리시곤 누룽지를 끓이셨다. 아버시가 뭐라도 드실 수 있게 애쓰신 것이다.

며칠이 지난 후 나는 엄마께 "그날 아침에 어떻게 그렇게 참을 수 있었어?"라고 물었고 엄마의 대답은 아주 간단했다.

"지금 우리 가족 중에 가장 힘든 건 네 아버지 아이가. 제일 친한 친구한테 배신당한 건데, 우리까지 따지고 들면 네 아버지는 우째 살겠노."

당신의 가슴이 시퍼렇게 멍들면서도 가족을 위해 든든하게 자리를 지켜준 엄마의 모습은 나와 형제들에게 큰 가르침이 되었다. 내가 그리고 내 형제들이 지금까지 이렇게 잘 살아가는 것은 엄마가 평생 동안 가족을 위해 씌워준 인고의 우산 덕분이라고 생각한다. 가족의 사랑이 무엇인지를 말이 아닌 행동으로 가르쳐주신 엄마를 생각하면, 지금도 가슴이 턱턱 미어진다.

이런 엄마 밑에서 자란 덕분에 우리 형제들은 "후회한다"라는 말을 잘 하지 않는다. 무슨 일이 생기더라도 "이미 이렇게 된 거 우짜겠노"라며 다시 긍정적으로 삶을 이어간다. 이건 엄마가 자식들의 가슴에 전해준 소중한 선물이다.

엄마에게 받은 게 이렇게 많지만, 지금 내가 할 수 있는 것은 기도뿐이다. 지금 엄마가 계신 그곳에서 편안하시기를 바라며 나는 오늘도 이미 늦어버린 참회의 기도를 올린다. 엄마를 그리워하는 마음은 수천 개의 자책의 회초리가 되어 나를 때리지만, 그래도 나는 매 순간 엄마가 그립다.

_ 어느 날, 일기

　　내가 지금 사는 부산에는 며칠 동안 겨울비가 내렸다. 오늘은 모처럼 하늘도 맑고 공기도 깨끗하기에 드라이브 삼아 멀리 있는 도서관에 가기로 했다. 차창을 조금 내리고 달렸더니 벌써 코끝으로 봄기운이 느껴졌다.

　　도서관에 도착해 이것저것 책을 고르다가 진열대에 놓인 시집 한 권을 들었는데, 머리말 말미에 적힌 '어머니를 생각하며 적은 글은 전부 시가 되는 것 같아요'라는 구절에서 또다시 엄마와 나의 지난 세월이 떠올랐다.

　　도서관으로 오는 길부터 괜스레 엄마 생각이 진하게 났었다. 그래서 엄마와 대화를 나누는 기분으로 혼잣말을 중얼거렸다. 엄마가 조수석에 있는 것처럼 힐끗힐끗 쳐다보기도 했다. 그 순간, 창문 너머로 지나가는 전봇대가 엄마가 되기도 했고, 버스가 엄마가 되기도 했다. 사소한 일상 이야기부터 요즘 나의 관심사, 누나들의 근황, 그리고 조카들에 대한 것까지 미주알고주알 떠들다 보니 정말 엄마와 단둘이 이야기하고 있는 것 같아 설레기까지 했다.

어느덧 엄마가 떠나신 지 2년이 흘렀다. 돌아가시기 몇 년 전부터 건강이 악화돼 말씀을 하지 못하셨기에 마지막 유언도 한마디 없었다.

엄마가 세상을 떠나던 날은 금요일이었다. 여느 날과 다름 없이 내가 운영하는 작은 식당 '우카밥상'에서 손님을 맞고 있었다. 초저녁이 지날 때쯤, 휴대전화가 울렸다. 발신자에 '막내누나'라고 뜨는 순간, 이 전화를 받으면 엄마한테 바로 달려갈 거라는 걸 직감했다. 통화 버튼을 누르며 앞치마를 풀었고, 누나는 내가 예상했던 그 말을 조심스레 꺼냈다.

집에 잠시 들러 간단히 옷을 챙기고 고속도로로 차를 몰았다. 괜찮을 거라고 생각했지만, 눈물이 자꾸 쏟아져 갓길에 서너 번 차를 세워야 했다. 장례식장에 도착하자 그때부터는 아무리 애를 써도 눈물이 멈추질 않았다. 크게 소리 내어 울 수도 없었다. 우리 엄마에 대한 기억들이 하나같이 죄스러워 크게 우는 것조차 내 몫이 아닌 것 같았다.

돌아가신 엄마를 모신 장례식장은 세상에서 가장 큰 슬픔을 마주해야 하는 공간이었다. 하지만 내 이기심은 시간과 장소를 가리지 못하고 튀어나왔다. 난생처음 그렇게 많은 눈물을 흘렸는데, 그 와중에도 가게가 잘 마무리되었을지 걱정

됐다. 무너지는 심정에 너무도 괴로웠지만, 상담 예약이 잡힌 손님들에게 취소 문자를 보낼 정신은 남아 있었다. 순간적으로 찾아오는 슬픔에 하늘이 무너질 것 같았지만, 자리를 며칠 비워야 했기 때문에 틈틈이 스케줄 조정도 해야 했다. 너무 울어 머리가 어질했지만, 조문객이 뜸해지는 밤이 되면 염치없게 배가 고파왔다. 내가 생각해도 참 뻔뻔하게 느껴졌지만, 사실 그게 인간의 한계였다. 어머니의 장례식장에서도 내일의 나를 걱정하는 것. 아무리 슬퍼도 허기는 찾아오는 것.

모두가 잠이 든 늦은 새벽, 장례식장 한편에 잠시 누웠지만 잠은 오지 않았다. '이제는 엄마가 아프시지 않을 테니 어쩌면 더 잘된 게 아닐까' 하다가도 다시는 엄마를 볼 수 없다는 생각에 벌떡 일어나 눈물을 흘렸다. 장례 절차가 진행되는 3일 내내 나는 그런 상태였다. 그리고 이 감정은 엄마가 떠난 후 수개월 동안 나를 잠식했다.

어릴 적, 텔레비전에서 연어에 관한 다큐멘터리를 봤다. 산란기가 되면 강을 수천 킬로미터나 거슬러 올라가 알을 낳은 후에 힘없이 죽음을 맞이하는 어미 연어는 세상에서 가장 불쌍한 생명체 같았다. 지금 생각하니, 그 어미 연어와 우리 엄마가 뭐가 달랐을까 싶다. 자식을 위해 긴 세월 아등바등

하며 자신의 몸을 혹사했지만, 결국 엄마에게 남은 것은 병든 육체와 쇠약한 마음뿐이었다. 엄마는 병원 침대에서 쓸쓸하게 세상과 이별하며 무슨 생각을 했을까.

어릴 때부터 지금 이 순간까지, 엄마는 나에게 소리 한번 지른 적이 없었다. 그런데도 난 사사건건 서운함을 표출하고 모든 것에 불만을 터트렸다. 무속인이 되어 살아가는 막내아들을 챙겨주지 않는다며 엄마 가슴을 아프게 했고, 내 처지를 비난하며 엄마 애를 태웠다. 거의 10년간을 불효자로 산 셈이다. 엄마의 영정 사진 앞에 무릎을 꿇고 앉아 지난날을 떠올리니 가슴이 사무쳐 저렸다. '부모님이 살아 계실 때 잘하라'라는 흔하디흔한 그 말의 뜻을 그제야 알게 된 것이다.

삼일장 마지막 날, 이른 아침 엄마와 마지막 작별 인사를 했다. 엄마는 옅게 웃는 표정으로 곱게 화장을 하고 차가운 곳에 누워 있었다. 엄마의 얼굴에는 긴 세월을 거칠게 산 여자의 일생이 담겨 있었지만, 그 표정만은 온화했다. 마치 자식들과 헤어지는 마지막 날까지 우리 걱정을 덜어주려 하시는 것 같았다. 오랜 병마와 싸우신 탓에 지친 모습도 있었지만, 깊은 잠에 빠진 듯 조용히 눈을 감고 계신 표정에는 엄마의 모든 인생이 집약되어 있었다. 거칠었던 이승에서의 마지막을 정리하고 세월의 저쪽 밖으로 나가시기 위해 모든 것을 살포시 내려놓으신 모습이었다.

엄마와의 마지막 인사는 20분 정도였지만, 이상한 감정들이 매초 벼락을 쳤다. 정말이지 살면서 한 번도 느껴보지 못했던 먹먹하고 아주 고약한 감정들이 나타났다 사라지기를 반복했다. 동시에 이날 이때까지 당신의 삶을 남편과 자식들에게 전부 내어준 후 모진 병만 안고 떠나신 엄마의 인생이 너무나 허망하고 가련하기도 했다.

몇 시간 후, 엄마는 한 줌의 따뜻한 재가 되어서 내 품으로 다시 돌아왔다. 화장터에서 엄마가 잠들 가족 묘지로 가는 두 시간 동안, 나는 차 맨 앞 좌석에 앉아 엄마와 둘만의 마지막 시간을 가졌다. 유골함은 아직 따뜻했고, 그 온기가 마치 엄마가 날 안아주는 것 같아 눈물이 더욱 쏟아졌다. 차가 출발하기 전, 엄마의 유골함을 안고 있는 내게 장례업체 관계자는 "유골함에 눈물을 떨어뜨리면 망자가 서러워해요"라며 위로해주었지만, 그 말도 내 눈물을 막아주지는 못했다. 엄마의 마지막 길을 태운 영구차는 내가 어릴 적 행복하게 살았던 동네를 거쳐 선산으로 진입했다. 유골함의 온기는 점점 사라졌고, 이제 엄마는 이곳의 세월을 끝내고 텅 빈 하늘의 세월로 들어갈 준비를 마쳤다.

삶은 이따금 우리에게 크나큰 상실감을 안겨준다. 예기치 않게, 혹은 오랜 예고 끝에 사랑하는 가족과 이별하는 시간은 누구에게나 찾아온다. 마음의 준비를 했건, 하지 않았건 그 상실감은 너무나 크지만, 부자연스러운 그 시간은 모두에게 공평하다는 점에서 사실 자연스럽다.

도서관에서 만난 책 속의 시인이 어머니를 생각하며 쓴 글은 시가 된다고 했는데, 엄마를 기억하며 적는 내 글들은 온통 반성문이다. 내 마음에 뒤엉켜 있던 모든 이기적인 감정을 꺼내놓고 엄마에게 용서를 구하는 글이다. 내가 아무리 잘못을 고백해도 우리 엄마는 나를 꾸짖지 않으신다. 늘 그랬듯 묵묵히 내 말을 들어줄 뿐이다. 살아생전에도 말수가 적었던 우리 엄마, 오늘따라 엄마가 더 보고 싶다.

억겁의 세월 동안 이어진 인연

오래전 최면술을 통해 전생 체험을 한 적이 있다. 누구나 자신의 전생 모습이 어땠을까, 지금의 주변 사람들과 어떤 연관이 있었을까, 하는 궁금증을 가져본 적이 있을 것이다. 나 또한 지금의 삶과 전생이 어떤 연관성이 있는지가 늘 궁금했었다.

전생은 삼생三生 중 하나를 가리키는 말로, 사람이 태어나고 죽고 환생하는 일을 반복한다는 불교의 윤회사상에 근거한다. 최면술을 통하면 전생뿐만 아니라 전생의 그 이전 생까지도 알 수 있다는 말에 호기심이 일었다.

체험은 외부의 소리가 완전히 차단된 조용한 공간에서 이뤄졌다. 나는 소파에 편안하게 몸을 맡기고 눈을 감았다. 조금의 두려움은 있었지만, 이내 최면술사의 음성이 이끄는 대로 자연스럽게 의식이 움직였다. 내 몸은 공중에 뜬 것 같았고, 순식간에 눈앞에 아주 높은 계단이 나타났다. 주변에는 구름이 자욱했고 계단 끝에는 단아한 나무 문이 있었다. 나는 천천히 계단을 올라가 그 문을 열었고 아주 밝은 빛에 이끌렸다. 그것이 전생으로 들어서는 첫 관문이었다.

첫 번째 전생에 도착했을 때, 최면술사의 음성이 들렸다.

"지금 눈앞에 뭐가 보이죠?"

신기하게도 내 눈에 보인 첫 번째 사람은 바로 나 자신이었다. 나는 초라한 백발의 노인이었다. 손등은 햇볕에 그을려 완전히 갈라져 있었다. 내가 딛고 선 땅은 몇 년간의 가뭄을 말해주듯 완전히 메말라 있었다.

"당신이 그곳에서 무엇을 하고 있는지 말해주세요." 최면술사가 말했다.

내가 본 것은 수년간의 가뭄이었다. 먹을 것이 전혀 없었고, 나를 버리고 떠난 건지 자식들도 찾을 수 없었다. 내가 괴롭게 보였는지 최면술사는 바로 다른 전생으로 이동하자고 했다. 다시 계단이 나타났고 문이 보였다. 그걸 열자 또다시 밝은 빛이 찾아왔다. 동시에 선운사라는 절의 현판이 눈에 들어왔다. 나는 그곳에서 탱화를 그리는 젊은 화공畵工이었다. 허름한 옷을 걸치고 웃음기 하나 없는 얼굴로 쭈그리고 앉아 묵묵히 탱화만 그리고 있었다. 그 뒷모습이 어찌나 지쳐 보이던지 내가 나를 꼭 안아주고 싶은 생각이 들면서 순식간에 눈물이 흐르기 시작했다. 전생 체험을 통해 처음 알게 된 곳이었지만, 20년이 지난 이 순간에도 그때 보고 듣고 느꼈던 절 마당의 새소리, 바람 소리, 흙냄새가 확연하게 기억난다. 참으로 신기한 일이다. 작년에 다녀온 여행지의 모습도 사진을 보지 않으면 기억이 가물가물한데 말이다.

전생 체험 후에도 한참 동안은 선운사라는 절이 실제로 존재한다는 사실을 알지 못했다. 무속인이 되고 기도를 하러 갔다가 우연히 그 절을 알게 됐을 때는, 최면을 통해 만났던 순간의 장면들과 기분이 떠올라 신기하기만 했다.

진짜 신기한 일은 이후에 나타났다. 나의 큰매형은 여러 의대에서 교수를 역임한 의료인이다. 어느 여름날, 매형과 술을 한잔하며 대화를 나누다가 전생에 관한 이야기를 하게 되었다. 매형 역시 전생 체험을 한 적이 있다며 자신의 전생에 대해서 말해주었다.

"나는 선운사에서 주지 스님으로 살았더라."

매형의 말을 듣고 온몸에 소름이 돋았지만, 이야기를 계속 듣기 위해 아무 내색 하지 않았다.

"절의 전경이 아직도 생생해. 법당에서 기도하던 중에 탱화를 그리는 화공을 만났는데, 그와 그림에 관한 이야기도 했어."

이럴 수가. 나는 그 말에 너무 놀라 마치 인간이 절대 알면 안 되는 비밀 한 가지를 알게 된 것만 같았다. 상상도 해본 적 없는 우연의 일치였다. 매형은 전생 체험 후 그 기억이 너무도 생생해서 선운사에 직접 가보려고 했지만, 그때마다 말도 안 되는 사고가 나서 결국은 다섯 번의 시도 끝에야 절에 갈 수 있었다는 말을 덧붙였다. 신라 진흥왕 때 창건된 선운사는 역사의 흐름 속에서 몇 번의 큰 화재를 맞았고, 그로 인해 보관하던 자료들을 많이 소실했다. 매형은 전생에서 알게 된 자신의 법명을 확인하려 했지만 실패했고, 그가 전생 체험에서 만난 화공이 나였는지도 알 길이 없으나 그 우연이 내겐 범상치 않게 느껴졌다.

전생 체험이 무의식에 스며들어 있는 진짜 전생의 기억인지, 현재 내 잠재의식 속의 가공된 생각인지는 알 수 없다. 분명한 것은 세상에는 우리가 이해하기 힘들고 학문으로는 밝힐 수 없는 일들이 일어난다는 것이다. 만약 전생과 현생 그리고 환생을 통해 인연이 이어지는 것이라면, 나와 매형의 만남 역시 정해진 운명이었을 거다. 그리고 우리 주변 사람들과의 관계 역시 그럴 것이다.

어쩌면 지금 원수처럼 지내는 사람과 나는 전생에서 사랑했던 사이였을지도 모른다. 그렇게 생각을 하면 스쳐 지나가는 사람부터 주변의 사람까지 모두가 괜스레 소중해진다. 사이가 조금 소원해진 사람을 바라볼 때도 '전생에 그에게 내가 많은 빚을 진 모양이군. 이번엔 내가 먼저 갚을 차례인가'라고 생각하면 먼저 손을 내밀 용기가 생긴다.

전생 따위는 없다고 생각하는 사람도 있겠지만, 나는 가능한 한 모두가 윤회사상을 이해하고 전생과 환생의 존재를 믿었으면 좋겠다. 우리의 삶과 죽음이 둥근 원처럼 되풀이되는 것이라 본다면, 지금 쌓은 공덕이 다음 생에 복으로 돌아올 것이고 지금의 악행은 다음 생에 벌이 될 것이다. 결국, 어떻게 살아야 할지, 그 단순한 핵심에 도달할 수 있을 것이다.

현생과 내생은 완전히 같지도 않겠지만, 전혀 다르지도 않을 것이다. 이 길고 긴 시간과 인연이 계속해 이어진다고 생각하면, 누구 하나 내게 귀하지 않은 사람이 없고 지금의 행동 하나하나가 모두 조심스럽다.

우리 주변의 모든 사람은 억겁의 시공간을 이어져온 인연이기에, 모두가 애틋하다. 오늘 다시 한번, 그들의 손을 잡아보고 싶지 않은가. 전생에서 건너와 현생을 함께하며 다음 생에 만날 특별한 인연들이 아닌가.

세상에서 가장 슬픈 영혼결혼식

5년 동안 교제를 한 후, 결혼 준비를 하던 연인이 있었다. 모든 게 순조로웠다. 너무 바빴던 탓에, 결혼식 후에는 시간이 없을 거라 생각한 두 사람은 언약의 의미를 담아 신혼여행을 먼저 다녀오기로 했다. 5일간의 신혼여행은 달콤했을 것이다. 그 짧은 시간 동안, 찬란한 미래를 함께 꿈꿨을 것이다. 신혼여행에서 돌아오자마자 그들은 남자 쪽 집으로 인사하러 가기로 했고, 그 길에서 불의의 교통사고를 당했다. 그리고 남자 혼자 살아남았다.

사고가 난 지 1년 후, 남자가 나를 찾아왔다. 그는 죽은 여자와 결혼식을 하고 싶다고 했다. 양가 부모님의 허락까지 받아놓은 상태였다. 여자의 아버지만 유일하게 부정적이었지만, 아내의 간곡한 설득에 결국 승낙했다. 어려운 일이겠지만 부탁한다고 남자는 거듭 고개를 숙였다.

영혼결혼식으로 사후에 부부의 연을 맺어준 적은 몇 번 있었지만, 이처럼 산 자와 죽은 자의 결혼식은 나도 경험이 없었다. 쉬운 결정이 아니었지만 남자의 간곡한 부탁에 결국 그 특별한 결혼식을 준비하게 되었다.

그들의 결혼식은 오색 단풍이 물들기 시작하는 가을날에 진행되었다. 하늘은 높았고, 바람도 시원했다. 결혼식이 열리기에 더없이 좋은 날이었다. 검은색 턱시도에 나비넥타이까지 맨 남자는 누가 봐도 멋진 새신랑의 모습이었다. 하지만 그곳은 일반적인 결혼식장이 아니라 서울 근교 산속에 있는 굿당이었다. 이 결혼식장에는 예식을 축하하는 피아노 소리도, 둘의 앞날을 축복하는 주례도, 시끌벅적한 하객도, 축하 화환도 없었다. 새신랑의 고향 친구 두 명만이 이 결혼을 축하하기 위해 참석했다. 원래라면 미용실에서 한껏 멋을 내고 한복을 곱게 차려입은 어머니와 양복을 멋지게 입고 왼쪽 가슴에 꽃을 꽂은 아버지의 모습이 있었겠지만, 이곳에는 눈물을 흘리며 고개를 들지 못하는 어머니와 연신 담배를 피우는 아버지만 있었다.

남자는 결혼식 내내 믿음직한 새신랑 모습 그대로였다. 아니, 그러려고 애를 쓰고 있었다. 순간순간 밀려오는 슬픔과 아픔은 아닌 척해도 감출 수 없는 것이었고, 그의 표정에는 강하지만 나약한 한 인간의 모습이 들어 있었다. 그가 괜찮은 척할수록 상처가 얼마나 큰지 더 명백히 드러날 뿐이었다. 마지막까지 애써 눈물을 참던 남자는 결혼식이 끝난 후에야 아내의 부케를 안고 오열했다. 당당하던 새신랑의 모습은 어디 가고 사랑하는 사람의 이름 세 글자만 반복해서 겨우 뱉어내는 그의 모습에, 그곳에 있던 모든 이들이 다시 한번 슬픔에 잠겨버렸다.

영혼결혼식 다음 날 이른 아침, 신부의 아버지에게 전화가 왔다. 결혼식 내내 탐탁지 않은 표정으로 계셨기 때문에 조금은 의아하게 생각하며 전화를 받았다.

"선생님, 어제는 마음을 다해주셔서 정말 감사합니다. 제가 무지했었던 것 같습니다. 어젯밤 꿈에 면사포를 곱게 쓴 우리 딸이 나왔습니다. 제 손을 꼭 잡고 결혼식장에 들어갔습니다. 그 후, 결혼식이 끝났는지 예복을 입고 공항으로 간다고 하더라고요. 결혼을 허락해줘서 고맙다며, 그곳에서 잘산다는 말을 하는데…… 제가 결혼식에 좀 더 성의껏 참여하지 못한 게 후회되고 딸에게도 너무나 미안했습니다."

휴대전화 너머로 들리는 신부 아버지의 말은 이 영혼결혼식을 진행한 것에 대한 충분한 보상이었다.

영혼결혼식은 결혼을 못 하고 죽은 이를 위해 사후에 짝을 맺어주는 의식이다. 무속신앙뿐 아니라 불교나 다른 종교에서도 행해지고 있다. 대표적으로 알려진 것은 불교 방식과 무속신앙 방식이고, 종교에 따라 의례 진행 방식이나 의례 장소 등이 조금씩 다르다. 대개는 신부 묘에서 이장移葬을 고하고 신부의 시신을 신랑의 묘로 쌍분하지만, 요즘은 납골당에 안치하는 경우가 많아서 그곳에서 간소하게 영혼결혼식을 치르기도 한다.

　방식이나 장소가 어떻든, 영혼결혼식에는 운명을 달리한 망자에게 외로운 저승길을 함께할 짝을 맺어줌으로써 그의 혼이 외롭고 힘들지 않기를 바라는 남은 가족들의 간절한 염원이 담겨 있다. 가끔은 망자가 가족들 꿈에 나타나 영혼결혼식을 요구하는 사례도 볼 수 있다. 대부분의 영혼결혼식은 의식을 의뢰하기 전에 상대를 미리 정하고 찾아오지만, 때로는 짝을 찾아달라는 부탁을 받을 때도 있다. 이럴 때는 딱 맞을 것 같은 짝을 떠올려도, 상대편 가족들의 상처를 다시 한 번 헤집는 일이 될 수 있기 때문에 내 입장에서도 매우 조심스럽다. 그래도 매번 결국은 영혼결혼식 상대를 찾게 되는 걸 보니, 저승에도 부부의 인연은 존재한다는 짐작을 하게 된다.

나는 직업 특성상 죽은 자들과 관계를 맺으며 지낼 수밖에 없다. 그들의 설움과 한을 풀어주고 극락왕생을 위한 기도를 하는 게 나의 일 중 하나다. 그 순간순간, 우리 곁을 떠난 사람들의 행동, 정신 그리고 영혼의 여운이 여전히 현재에 연결된 것을 본다.

완성하지 못한 사랑도, 완성된 사랑도 그 자체로 아름답다. 미처 피우지 못하고 꺾여버린 사랑은 고통스럽고 아프겠지만, 그것을 견뎌내는 것도 사랑을 완성하는 과정이다. 그 사무치는 고통과 상처 끝에 새로운 희망과 행복이 피어나기도 한다는 것을 잊지 않았으면 좋겠다. 그러니 사는 동안 계속 사랑하기를 바란다.

남겨진 우리가 할 수 있는 일

어느 날, 인상 좋은 노부부께서 상담자로 찾아오셨다. 조그마한 헌책방을 운영 중이라고 본인들을 소개하시며, 사실은 신앙심이 깊어 상담을 오면서도 조금 망설였다고 하셨다. 신앙심이 몸에 배어서인지 작은 행동 하나와 말씀 한마디에서도 배려가 느껴졌다. 두 분은 마음이 많이 급하신 것처럼 채 앉지도 않고, 얼마 전에 세상을 떠난 자신들의 며느리가 저세상에서는 아무 걱정 없이 잘 있는지를 물어오셨다. 나는 그 모습을 보며 대체 두 분에게 어떤 사연이 있길래 며느리를 저토록 걱정하시는지 궁금해졌다.

두 분께는 늦은 나이에 본 외동아들이 하나 있다고 했다. 결혼 후 15년 만에 생긴 아들이라 애지중지했고, 나름 잘 키웠다고 생각하셨단다. 그 아들이 스물일곱 살이 되던 해에 결혼할 사람을 데려왔고, 그녀는 두 분의 마음에도 쏙 들었다. 이 대목에서 아버님은 어머님의 말을 자르시더니, 자신들과 아들은 키가 작은데 며느리는 키가 172센티미터였다고 구체적인 숫자까지 밝히시고는 며느리 자랑에 수줍게 웃으셨다.

며느리는 일찍이 부모님을 여의었지만 동생 둘을 반듯하게 키워냈고, 결혼 후에도 생활력이 강한 사람이었다. 시장에서 식당을 운영하고 있었는데, 쉬는 날 없이 누구보다 열심히 일하면서도 자신의 자녀들에게 절대 소홀하지 않았다. 그 와중에도 시부모님의 안위를 끔찍이 챙기는 효부였다.

항상 밝고 에너지 가득한 사람이라 두 분도 며느리를 아끼고 신뢰했단다. 그런데 어느 날부턴가 며느리의 안색이 좋지 않았다. 무슨 일이 있는지를 물어도 아무 일 없다며 걱정하지 마시라고 손사래를 치길래 별일 아니기를 바랐는데, 그 후 가게를 열지 않고 집에서 누워 있는 날이 생기기 시작했다. 두 분은 노심초사 걱정이 되었지만 며느리는 별일 아니라는 말만 되풀이했고, 결국 아들을 추궁하게 되었다.

이에 아들이 한 말은 청천벽력과도 같았다. 자신에게 다른 여자가 생겨서 곧 이혼하려고 한다는 것이었다. 아들과 바람이 난 상대는 심지어 며느리가 운영하는 식당에서 일하는 젊은 여자였다. 이 여자가 식당에서 일한 지는 3년이 되었는데, 아들과의 관계 역시 3년 전에 시작됐다고 하니 그걸 알게 됐을 때의 며느리 심정이 어땠을지 짐작이 가고도 남았다.

이 이야기를 들은 어머님은 충격으로 실신까지 하셨다. 15년 간 공을 들여 낳은 아들이 저 모양이니 조상님들 뵙기에도 부끄러웠고, 효심 깊은 당신의 며느리가 받았을 큰 충격을 생각하니 피가 거꾸로 솟는 심정이었다. 그 힘든 상황에서도 어른들 걱정을 하느라 내색 한번 하지 않다가 속이 썩어 몸 져누운 며느리가 너무나 안쓰러웠다. 그 후에도 며느리는 가 정을 지키겠다고 발버둥 쳤지만, 결국 2년이 채 지나지 않아 이혼할 수밖에 없었다.

자신들의 못난 자식과 이혼을 했다고 해서 며느리의 효심 까지 끝난 것은 아니었다. 며느리는 이혼한 후에도 시부모님 을 모시고 싶어 했다. 몇 번이고 만류했지만, 이미 두 분 모두 연세가 많고 아버님이 당뇨 합병증을 앓고 계셨기에 자기가 직접 챙겨야 한다며 단호했다. 이미 아들보다 며느리를 더 아끼고 사랑하던 두 분은 마지못해 승낙했고 바람난 여자와 집을 나간 아들 대신 며느리와 두 손주 그리고 노부부까지, 다섯의 동거가 시작되었다. 이 사건으로 모두가 마음에 상처 를 입었기 때문에, 서로 말은 조심하면서도 의지를 하는 동 지 같은 기분이었다고 했다.

그렇게 5년이라는 시간이 흘렀다. 그날도 어김없이 며느리는 식당으로 출근했다. 그리고 몇 시간이 지나지 않아 불길한 전화벨이 울렸고, 며느리가 식당에서 쓰러졌다는 연락을 받았다. 병원으로 실려 간 며느리는 폐암 말기 판정을 받았고 결국 집으로 돌아오지 못했다. 아버님은 책방 문을 닫고 좋은 약이 있다는 곳을 수소문하며 전국을 돌아다녔지만, 이미 망가진 며느리의 몸은 그 어떤 약도 받아들이지 못했다. 두 분은 차라리 자신들을 데려가라고 신께 빌고 또 빌었지만, 결국 두 달 후 며느리는 세상을 떠나고 말았다.

두 분은 며느리의 죽음을 당신들의 탓으로 돌리고 있었다. 자신들의 못난 아들 때문에 모진 일을 겪을 때, 아무 도움도 주지 못해 며느리가 병을 얻고 세상을 등졌다며 원통하고 서러운 마음을 감추지 못하셨다.

두 분의 이야기 중 가장 마음이 아팠던 것은 며느리의 유언이었다. 그녀는 세상을 떠나기 전, 이제 막 대학생이 된 자식들에게 "맛있는 음식이 있으면 할아버지, 할머니 먼저 챙겨드려야 한다. 집안에 힘든 일이 있으면 너희들이 도맡아 하고 할아버지, 할머니는 작은 짐도 드시지 않게 해라. 훗날, 할아버지와 할머니께서 돌아가시면 두 분을 모신 납골당에 내 유골함도 나란히 놓아주길 바란다"라는 유언을 남겼다. 이 말을 하며 두 노인은 비통함에 계속 눈물을 흘리셨다.

이토록 귀한 며느리가 고생만 하다가 저세상으로 갔으니, 두 분은 그녀가 저세상에서라도 편하게 있는지 염려되셨을 것이다.

사실, 그 당시에는 이 집 며느리가 저승에서 편하게 잘 있는지 정확하게 느껴지지 않았다. 하지만 두 분의 이야기를 들으며 나는 이미 대답을 정한 상태였다.

"어르신들, 며느리는 저승에서 아무런 걱정 없이, 아픔도 없이 편하게 쉬고 있습니다. 며느리가 그렇게 된 건 본인 사주의 문제지, 누구의 탓도 아닙니다. 괜한 자책 하지 마시고 건강하셔야 합니다. 손주들의 사주를 보니 앞으로 훌륭한 사람이 되겠네요. 오래오래 사시면서 장성하는 손주들을 보시려면, 슬픔은 거두시고 즐겁고 행복하고 건강하게 지내셔야 합니다. 그게 며느리를 위하는 길입니다."

누구보다 사랑했던 며느리를 떠나보낸 두 분께 가장 필요한 말은, 저곳에서 지켜볼 그녀를 위해서라도 이제 그만 기운 차리셔야 된다는 말이었을 것이다.

이 노부부처럼 시간만이 답인 상담자들이 나를 찾아오는 경우, 나는 아는 체하기보단 그들의 말을 주의 깊게 들어주는 데 시간을 쏟는다. 뒤로 한 발자국 물러나 그들 속에 쌓인 응어리들이 다 쏟아질 때까지 기다린다. 그렇게 속마음을 완전히 털어놓게 되면, 한결 표정이 가벼워지는 걸 볼 수가 있다.

사랑하는 사람을 떠나보내는 상실감을 대체할 수 있는 건 아무것도 없다. 언제쯤이면 이 슬픔이 가시고 이 서러움이 사라질지, 그것도 아무도 알 수가 없다. 그저 긴 시간만이 약이고 답이다. 이미 떠난 이에 대한 연민의 마음은 평생 지울 수 없겠지만, 이곳에 남겨진 우리는 하루빨리 현실로 돌아와 그들을 기리며 그들 몫까지 더 열심히 살아야 한다. 그러니 이런 큰 상처를 안고 나를 찾아온들, 내가 해줄 수 있는 말이라곤 "망자는 잘 있으니 걱정하지 말고 산 사람은 더 잘 살아야 합니다. 그것만이 불쌍하게 떠난 망자를 위하는 길입니다" 외에는 없다. 그리고 이것이 사실이다.

일어서라, 직장인

나는 한 분야에서 멈추지 않는 노력으로 기회를 잡은 사람들을 좋아한다. 그런 사람들은 자신이 어떻게 살아왔는지 애써 설명하지 않더라도, 갖고 있는 에너지로 자신을 증명한다. 그 에너지가 행복한 기운을 만들기 때문이다.

프로 음악가를 꿈꾸며 노력을 멈추지 않던 한 청년이 있었다. 그는 훌륭한 음악가가 되기 위해 어린 나이에 미국으로 유학을 떠났다. 유학 생활은 생각만큼 녹록하지 않았다. 그는 생계유지를 위해 거리에서 바이올린 연주를 했다. 청년은 운 좋게 사람들이 많이 지나다니는 은행 입구에서 연주하게 되었는데, 그곳에는 이 청년 말고도 또래의 다른 연주자가 있었다. 이 두 연주자는 모두 유명 음대 학생이었고, 그곳에서 얻는 수익으로 학비와 생활비를 충당하고 있었다. 둘 다 실력이 출중해서인지, 수입은 생각보다 훨씬 많았다. 큰돈을 벌고 있었음에도, 청년은 거리 공연에 안주하지 않고 목표를 키워나갔다. 크고 작은 경연 대회에 모두 참가했고, 자신을 발전시킬 수 있는 일 혹은 공부라면 뭐든 다 했다. 그 후 10년이 지났다. 청년은 자신이 꿈꾸던 유명 작곡가이자 지휘자가 되었다. 성공한 그는 과거에 자신이 연주했던 은행 입구를 지나게 되었고, 여전히 그곳에서 바이올린을 연주하는 예전 동료를 만나게 되었다. 그 연주자는 그를 향해 다가와 "어이, 친구. 요즘은 어디에서 연주해?"라고 물었고, 청년이 유명 콘서트홀의 이름을 대자 잠시 생각하다가 이렇게 말했다. "거기 콘서트홀 길거리도 여기처럼 벌이가 좋아?" 그는 "응, 좋아"라고 대답하고 자리를 떴다. 이 청년의 이름은 세계에서 가장 영향력 있는 음악가 중 한 명으로 선정된 탄둔Tan Dun 이다.

나를 찾아오는 손님들 대부분은 앞날을 궁금해한다. 하지만 적지 않은 사람들은 지금 자신이 잘 살고 있다는 확신이 필요해서 온다. 또 많은 사람은 그저 위로의 말이 필요해서 오기도 한다.

직장인의 경우, 하나같이 회사에서 받는 스트레스와 고충을 호소하는데, 그들을 크게 몇 가지 유형으로 나눌 수 있다.

가장 흔한 유형은 직장을 계속 다녀야 하는지 의문이라고 말하며, 자신은 누구보다 고생하는데 주변 사람들이 전혀 알아주지 않는다고 토로하는 사람들이다. 자신은 업무 능력이 뛰어나고 조직 생활에 크게 문제가 없는데, 선후배들이 문제라고 말한다. 개중 몇몇은 매일 아침 일찍 일어나 출근을 하고 늦은 밤에 퇴근하는 기계적인 생활에 지쳤다며 퇴사하고 싶다는 하소연을 한다. 나는 그 말을 들으면 대체로 이렇게 말한다.

"그렇게 힘들면 그만두고 다른 직장을 찾아."

그러면 백이면 백, 모두가 "그만두면 어떻게 돼요? 너 좋은 회사로 이직할 수 있나요? 다른 데에 가도 똑같지 않을까요?"라며 또 다른 걱정을 시작한다. 자신은 잘하고 있는데 주변이 문제라면, 다른 회사에 가는 게 나을 수도 있다. 그런데 그게 아닐 수도 있다. 어쩌면 자신의 문제일 수도 있으니, 한 번쯤은 객관적으로 살펴봐야 한다.

또 다른 유형은 단순히 회사를 그만두고 싶어 하는 사람이 아니라, 응원의 말이 필요한 상담자들이다. 인간이라면 누구나 본능적으로 안정적인 생존을 최우선의 과제로 삼는다. 그래서 누군가에게 충분히 잘하고 있다는 사실을 인정받고 싶어 한다. 그 부류의 사람들에겐 이런 말을 해주곤 한다.

"무한 경쟁 사회에서 당신은 그 누구보다 잘 이겨내고 있는 사람입니다. 아주 특별한 사주를 가졌네요. 주변 사람 때문에 힘들 수도 있겠어요. 그런데 당신 사주는 그 모든 것을 다 감당할 만큼 좋아요. 능력도 많은 분이네요. 훌륭한 사주 덕분에 앞으로도 직장 생활을 잘 헤쳐나가시겠어요."

그 사람이 진짜 능력이 있건 없건, 그건 중요하지 않다. 나를 찾아올 때부터 그가 듣고 싶어 하던 말은 이미 정해져 있었으니 말이다. 물론, 모든 상담자에게 좋은 말만 해주는 것은 절대 아니다. 그렇지만 갈피를 잡지 못하고 헤매는 사회 초년생에게는 이런 덕담 한마디가 꼭 필요하다. 나는 이것을 '칭찬의 순기능'이라고 말하곤 하는데, 칭찬 같은 덕담 한마디가 지금 상황을 이해시키고 불안한 마음을 완화해주기 때문이다.

직장 생활을 하며 진짜 어려움을 겪는 사람들도 있다. 그 문제야 다양하겠지만, 어려움을 겪는 근본적인 원인을 살펴보면 대부분은 거절을 못 한다는 데 있다. 그들은 동료들 사이에서는 시원시원한 성격이라는 평판을 얻겠지만, 실제로는 어떤 부탁이라도 다 들어주는 바람에 결국 난처해진다. 들어줄 수 있는 일과 들어줄 수 없는 일을 구분하지 못하고 심지어 제 일보다 부탁받은 일을 먼저 해주기도 한다. 이렇게 타인을 먼저 의식하는 삶을 살아가다 보면, 평생 남을 위해서 살 수밖에 없다. 주변의 기대와 시선에 부응하기 위해 자신을 끊임없이 희생하는 것은 성숙한 사회인의 모습이 아니다. 우리에게는 자신을 희생하면서까지 남을 행복하게 할 의무가 없다. 이것만 기억한다면 점집을 찾아와 회사 생활에 대해 토로하며 무속인에게 덕담을 바라는 일은 줄 것이다. 자신의 이익과 권리를 모두 내주면서 얻는 호감은 오래가지 못한다. 너무 착할 필요는 없다. 아닌 것에 대해서는 정중하지만 단호하게 선을 그어야 한다.

마지막 유형은 기회가 왔을 때, 모험과 안정 사이에서 고민하며 나에게 의견을 구하는 사람들이다. 누구에게나 기회는 찾아온다. 대내외적으로 한 단계 성장하기 위한 도전의 시간인 셈이다. 그동안의 일상을 뒤바꿀 만한 모험을 감행해야 할 수도 있다. 이런 상황에서는 고민이 깊어질 수밖에 없다. 모험을 하고 싶은 욕구와 그 모험이 실패로 돌아갈 수도 있다는 두려움은 누구에게나 동시에 존재한다.

쉽지 않은 결정일 것이다. 자신의 앞날이 걸린 순간일 테니까. 분명 도전하지 않으면 실패는 없다. 그러나 실패를 부르는 최대의 적은 과거와 현재에 안주하는 것이기도 하다. 기회가 왔을 때 모험하지 않으면 인생의 변화도, 발전도 없다. 한 단계 더 성장해야 하는 시기에는 도전을 받아들이고 행동으로 옮겨야 한다. 그럼에도 많은 사람이 현재 상황을 유지하는 쪽을 택한다. 그 자체가 나쁘다는 것은 아니지만, 자신의 삶에 새로운 의미를 부여하는 것 또한 인생에는 중요하다.

욕심을 부리지 않고 어떤 상황에서도 만족감을 느끼는 것 역시 필요한 덕목이기는 하다. 하지만 깊은 고민 없이 지금 삶에 안주하려는 사람 중 대다수는 겸손 때문이 아니라 자신감이 없어서 그런 선택을 한다. 그들은 한 단계 높은 삶을 원하면서도 실패할 거라는 두려움에 주저앉는다. 이런 상황에서는 정말 인생의 별처럼 찾아오는 터닝포인트를 놓치기 쉽다.

젊은 직장인들이 이런 고민을 안고 나를 찾아올 때면, 더욱 신중하게 인생의 터닝포인트가 언제인지, 있다면 그것이 상담자에게 어떤 득과 실이 있는지 점을 친다. 기회를 놓치면 서서히 사회에서 뒤처지게 될 것이고, 훗날 이미 지나간 절호의 시기를 생각하며 정체된 자신의 무기력함에 후회할 것이기 때문이다.

우리의 삶이 지루한 인생이었는지, 보람찬 인생이었는지

가늠하는 것은 인생의 각 과정을 어떻게 해석하고 받아들였는지, 또 그것을 어떻게 행동으로 옮겼는지에 달렸다. 인생은 끊임없이 자신을 돌아보고 타인에게 응원받으며, 도전하고 성장하며 나아간다. 고인 물은 결국 생명력을 잃지만, 흐르는 물은 생명을 이어나가며 결국 큰 물줄기에 도달하는 것과 같다.

저승사자의 실수

드라마 〈도깨비〉에서 배우 이동욱 씨가 연기한 저승사자는 곧 망자가 될 사람들의 명부를 들고 다니며 그 영혼을 찾아 저승으로 안내한다. 저승으로 가게 되는 사람들의 나이는 다양하고, 그들이 죽음을 맞이하는 장소도 병원 응급실, 교통사고 현장, 독거노인의 집, 버스 정류장 등 한정되어 있지 않다. 드라마 작가에게 사후 세계와 이승과 저승의 관계에 대한 많은 이해가 있는 듯했다. 그중 가장 인상 깊게 본 에피소드는 아직 죽을 때가 아닌데 저승사자의 실수로 명부의 순서가 바뀌면서 상관없는 사람이 먼저 죽는 내용이었다. 드라마에서는 이 장면을 코믹하게 묘사했지만, 안타깝게도 이런 이야기는 실제로 존재한다. 물론 흔한 일은 아니다.

아들을 잃은 한 어머니가 나를 찾아왔다. 세상을 떠난 아들에게는 둘도 없는 단짝이 있었는데, 그들은 동명이인이었고 키와 성격까지 비슷했다. 중학교 때부터 친했던 둘은 동반 입대를 준비했지만, 신체검사에서 아들에게 문제가 발견되어 친구만 입대할 수밖에 없었다. 그 후 몇 달이 흘렀다. 아들의 친구는 그의 모친 생신에 맞춰 100일 휴가를 나올 예정이었다. 그러나 갑자기 부대에 사정이 생겨 그럴 수 없게 되었고, 이를 들은 아들은 친구를 대신해 그의 모친 생신을 축하해드리기로 했다. 그 이야기를 들었을 때 아들의 어머니는 불현듯 전날 밤의 꿈이 기억났다고 했다.

꿈에서 어머니와 아들은 버스를 타고 있었다. 그 버스가 안개 자욱한 어두운 정류장에 도착하자, 갑자기 아들이 혼자 버스에서 내리는 게 아니겠는가. 그러자 곧 다른 버스 한 대가 정류장으로 들어왔다. 그 버스는 이상하게도 자신이 타고 있는 것과 같은 번호판을 달고 있었고, 그 안에는 아들 친구와 그의 모친이 있었다. 곧 아들 친구 역시 그의 모친을 남겨두고 혼자 하차했는데, 그 과정에서 아들 친구의 군번줄이 떨어지고 말았다. 그걸 본 아들은 군번줄을 찾아주겠다며 친구의 모친이 타고 있는 버스에 올라탔고, 그 순간 아들과 친구의 모친을 태운 버스가 출발해버렸다. 그렇게 자신의 아들이 탄 버스가 안개 속으로 사라지는 걸 보며 상담자는 잠에서 깼다고 했다.

이런 석연치 않은 꿈을 꾼 직후라서, 아들이 친구 모친의 생일을 축하해주러 간다는 게 꺼림칙했지만 반대할 뚜렷한 명분이 없었다. 예정대로 아들은 친구 모친을 만나 식사를 하고, 함께 차를 타고 돌아오는 길에 불의의 사고로 세상을 뜨게 되었다.

어머니의 꿈, 아들 친구의 휴가 연기, 친구 모친과의 식사. 이 모든 것이 끔찍한 우연처럼 보일 수도 있다. 차라리 그랬다면, 아들을 잃은 어머니를 위로하고 아들의 넋을 기리는 기도를 하는 게 조금 더 쉬웠을 수도 있다. 나에게는 이것이 우연으로 보이지 않았다. 확연하게 운명이 뒤바뀐 경우였다.

명이 바뀐 또 다른 사례도 있다.

어느 날 중년의 여성분이 상담자로 찾아왔다. 여느 때와 마찬가지로 사주를 볼 사람의 생년월일시를 물었고, 상담자는 남편의 것을 답했다. 그런데 이상한 일이었다. 상담자의 말을 들으며 종이 위에 적은 글씨가 아무것도 보이지 않았다. 심지어 흰 종이가 내 눈에는 검은색 종이로 보였고, 사인펜으로 적은 글씨가 흔적도 없이 사라진 상태였다. 아무리 애를 써도 아무것도 보이지 않기에, 나는 솔직하게 말할 수밖에 없었다.

"죄송하지만 남편의 사주가 검은색으로만 보입니다. 전혀 보이는 게 없어요."

이후 그녀가 들려준 말에 의하면 남편은 6년 전에 이미 사망한 상태였다. 죽은 사람의 사주를 가지고 점을 보는 것은 망자의 혼을 부르는 일이다. 점집을 처음 찾은 상담자는 남편이 저세상에서 잘 지내는지 궁금했을 뿐, 무작정 망자를 불러낸다는 것이 얼마나 위험한 일인지는 전혀 알지 못했다. 그날은 그 상담자를 마지막으로 신당의 문을 닫아야 했다. 집 안에 좋지 않은 기운이 들어왔을 수도 있었다. 무속인들이 부정을 물러나게 하는 '방법'을 사용해두긴 했지만 찜찜한 기분을 버리지 못한 채 밤을 맞았다.

역시 문제는 찾아왔다. 죽은 자의 사주를 본다는 것은 그의 혼을 불러들이는 것이고, 그것은 저승사자를 부르는 것과도 같은 맥락인데 방법은 너무 가벼운 처리였다. 밤 11시가 좀 넘었을 무렵, 내 반려견 콩심이가 현관 앞으로 달려가더니 꼼짝도 하지 않고 문만 빤히 쳐다보고 있었다. 콩심이는 원래 내가 한 번만 불러도 바로 달려오는데, 그날은 수십 번을 불러도 미동도 하지 않고 그 자리를 지키기에 이상하다는 생각이 들었다. 그렇게 20분 정도가 지난 후, 콩심이는 점점 문 근처로 가더니 갑자기 입에 거품을 물고 온몸이 딱딱하게 굳으며 마비 증세를 보였다. 이런 경우는 나도 처음이었다. 깜짝 놀라 콩심이를 안고 급히 동물병원으로 차를 몰며, 제발 살아나기를 마음속으로 빌었다. 옆 좌석에서 반쯤 죽어 있는 콩심이를 향해 혹시나 하는 마음으로 사람에게 잡신이 붙었을 때 풀어내는 주문을 외웠다. 이것이 동물에게도 통할 거라는 건 상상도 못 했지만, 다행히도 돌덩이처럼 굳어 있던 콩심이가 조금씩 움직이기 시작했고 동물병원에 도착하기 전 원래의 모습으로 돌아왔다.

정신없는 밤이 지나고 다음 날 아침, 이 사건의 발단인 상담자에게 전화가 왔다. 어제 일을 진심으로 사과하며 그녀가 한 말은 나에게도 다소 충격이었다. 자정쯤, 남편이 살아생전 몹시 예뻐하던 반려견이 갑자기 현관문 앞에서 이상한 행동을 하더니 그 자리에서 죽었다고 했다. 무속인의 머리로는 이해가 되면서도, 참으로 귀신이 곡할 노릇이라는 생각마저 들었다. 이는 분명 망자의 혼령을 부른 탓이었다. 그 과정으로 인해 어두운 기운이 각자의 집으로 찾아왔고, 그것을 먼저 알아차린 반려견이 주인 대신 살을 맞은 것이다. 보통의 반려견이라면 꼬리를 내리고 구석으로 숨었을 법도 한데, 주인을 향한 사랑이 지극한 녀석이었던 모양이다.

이야기는 끝나지 않았다. 오랫동안 사랑으로 키우던 반려견이 황망하게 떠난 바람에 슬프고 경황없는 밤을 보낸 그녀는 늦은 새벽이 되어서야 잠깐 잠이 들었는데, 처음으로 죽은 남편이 꿈에 나왔단다. 남편은 갈급한 모습이었고, 목이 탄다며 물을 달라고 말했다. 그때였다. 죽은 반려견이 온몸에 물을 적신 채 나타나 남편에게 달려가는 게 아니겠는가. 그 순간, 그녀는 잠에서 깨어났다. 그 이야기를 듣고, 나는 다시금 그 반려견의 헌신과 사랑에 감탄해서 그 꿈의 의미를 전해주었다.

망자들은 제사상이나 굿상처럼 그들을 위해 차려놓은 상의 물이 아니면, 물이 불로 보여 마실 수 없다. 그래서 제삿밥을 얻어먹지 못한 망자들이 가족의 꿈에 나타나 목이 탄다고 하는 것이고, 불교나 무속에서도 영혼을 달랠 때 감로수 진언을 축원하며 차려진 음식과 물을 먹고 마시게 한다. 상담자의 반려견은 목마른 주인을 위해 죽어서도 물을 가져다준 것이다. 손님에게도 감격스러운 이야기였겠지만, 이 반려견은 내게도 두고두고 감동을 전해주었다.

물론, 이런 상담 사례들이 일반 사람들에게는 한 편의 영화, 혹은 인터넷에 떠도는 킬링 타임용 이야기처럼 들릴 수도 있다. 하지만 미신으로 치부될 수 있는 이런 이야기 속에도 우리가 기억해야 하는 메시지가 있다.

　지금 우리가 누리는 안녕 이면에는 알려지지 않은 어떤 희생이 숨어 있을 수도 있다. 나 대신 누군가 액을 맞았거나, 심한 경우 명을 달리했을 수도 있다. 이렇게 극단적으로 생각하지 않더라도, 우리의 편안함은 많은 부분 누군가에게 빚지고 있다. 그렇게 생각하면 자신의 인생이, 그리고 주변의 모든 것이 더 고맙고 애틋해진다. 우리에게 주어진 오늘의 아름다운 삶을 소중하게 누리기를 바란다.

나의 반려견, 콩심이

사람은 육체가 불편하면 어떻게든 적응하며 살아가지만, 마음 한쪽이 무너지면 사는 데 어려움을 겪는다. 마음이 한번 허물어지면, 살짝 부는 바람에도 휘청거리고 주저앉게 된다. 마음에도 재활 치료는 필요해서, 다시 서서 제대로 걷고 생활하려면 엄청난 노력이 필요하다. 마음을 채워줄 무언가를 만나야 한다. 그것은 기도일 수도 있고, 여행일 수도 있고, 때로는 반려동물일 수도 있다.

한때 나의 마음 한쪽은 지독히도 무너져 내렸다. 자꾸 주저앉으려고 하는 내게, 주변에서 반려견을 키워보라는 권유를 해왔다. 한 번도 동물을 키워본 적 없고 내 심신도 지쳐 있는데, 다른 생명을 책임지라니. 그런데도 자꾸 그 말이 귀에 맴돌았다. 석 달가량, 하루에도 몇 번씩 '반려견을 입양해볼까? 잘 기를 수 있을까?'라는 고민을 하게 됐고, 정말 진지하게 생각해보기 시작했다.

그러다가 우연한 기회에 콩심이를 만나게 됐다. 콩심이는 가수 이효리 씨가 8개월째 임시 보호하고 있는 네 살 된 유기견이었다. 효리 씨와 짧지 않은 시간을 함께 살며 많은 정을 쌓았기에, 내가 입양 의사를 밝혔을 때 그녀는 아주 신중하게 내 조건을 검토했다. 한번 유기된 강아지라 이미 큰 상처를 안고 있기 때문에, 더 신중하게 새로운 가족을 찾아줘야 한다는 이유였다. 효리 씨의 소신과 원칙에 공감했고, 나 역시 시간을 두고 콩심이의 입양에 대해 다시 한번 다방면으로 점검하게 되었다.

어느 추운 겨울날, 콩심이와 나는 드디어 가족이 되었다. 약속 장소로 나온 효리 씨는 혹여나 콩심이가 추울까 봐 자신의 두꺼운 외투로 강아지를 감싸 안고 있었고, 함께한 이상순 씨는 커다란 짐 보따리를 하나 들고 있었다. 콩심이를 내게 안겨주며 효리 씨는 에이포 용지 두 장을 함께 내밀었다. 한 장에는 콩심이의 성격과 습성, 강아지를 키울 때 주의할 사항 등이 적혀 있었다. 나머지 한 장은 콩심이를 잘 부탁한다는 손 편지였다. 이상순 씨가 전해준 보따리에는 콩심이가 그동안 사용했던 그릇과 장난감 그리고 간식들이 들어 있었다. 우리는 한두 시간가량 콩심이에 대해 이야기를 나누었고, 그렇게 콩심이와 나의 동거는 시작되었다.

강아지를 처음 키워보는 나는 모든 것이 새로웠다. 첫날부터 콩심이는 거실 카펫에 오줌을 쌌다. 정해진 시간이 되면 밥을 줘야 했고, 산책시켜야 했다. 때가 되면 씻겨줘야 했다. 심한 우울증을 앓고 있던 나에게는 모든 것이 쉽지 않은 미션과도 같았지만 내가 책임지기로 결정한 생명이기에 하나하나 최선을 다하려 했다.

직업 특성상 나는 한 달에도 몇 번씩 산속에 들어가 기도를 해야 했는데, 그때마다 난감해졌다. 집 안의 모든 물건이 정해진 장소에 있어야 했고 조금이라도 지저분해지는 걸 참을 수 없어 하던 나는, 콩심이로 인해 집이 어질러지는 것에도 스트레스를 받았다. 누군가에게 신세 지고 부탁하는 것을 병적으로 싫어했지만, 산 기도를 갈 때면 친구들에게 콩심이를 맡겨야만 했다. 사실, 이러다가 우울증이 더 심해지는 건 아닌지 걱정이 될 정도였다.

그것도 잠시였다. 나는 점점 염치가 없어졌다. 며칠씩 산 기도를 갈 때면, 친구들이 돌아가며 우리 집에서 지냈다. 처음에는 그들에게 미안한 마음이 컸지만, 이 일이 거듭될수록 콩심이는 지금 뭐 하고 있는지, 밥은 먹었는지, 산책은 시켰는지, 산속에서 수시로 전화해 친구들을 괴롭혔다. 콩심이가 집을 어질러도, 때로는 그냥 엉망이 된 채로 두기도 했다. 그렇게 한 마리 강아지로 인해 생활이 바뀌고, 그것에 익숙해지자 우울한 마음이 점점 줄어들기 시작했다.

그리고 알았다. 나만 콩심이에게 적응한 것이 아니었다. 콩심이도 나에게 적응하기 위해 열심히 노력하고 있었다. 다만, 내가 콩심이에게 적응하는 시간보다 콩심이가 나에게 적응하는 시간이 더 빨랐을 뿐이다. 어느새 이 작은 강아지는 나를 완전히 바꾸었고 지친 내 현실을 위로해주었다.

이후 콩심이는 둘도 없는 내 가족이자, 가장 친한 친구가 되었다. 우리 둘은 차를 타고 수백 킬로미터를 달려 바다 여행을 하기도 하고, 가끔은 기도하는 곳에도 동행한다. 내가 가끔 술을 마시고 새벽 귀가를 할 때면, 침대 위로 뛰어 올라와 웅크리고 있는 내 가슴을 발로 문지르며 잔소리하는 것처럼 낑낑대기도 한다. 다음 날 아침 숙취에 괴로워하며 냉장고 문을 열고 물을 마시면, 어느 날보다 더 반갑게 내 앞에서 뱅글뱅글 돌며 반겨준다.

이제 나의 하루는 온전히 나를 위한 일과로만 채워지지 않는다. 콩심이 밥 주는 일, 콩심이와 산책하는 일, 콩심이 씻기는 일. 때때로 콩심이의 예방접종을 위해 병원에 가는 일, 콩심이의 털을 자르기 위해 미용실에 데리고 가는 일. 그 외에도 콩심이를 위한 다양한 일과들이 기다린다. 이 일들을 하지 않고는 나의 하루를, 그리고 평범한 일상을 통과할 수 없다. 콩심이는 내게 알려주었다. 온전한 하루를 보내기 위해서는 즐겁고 힘든 일을 모두 해내야 한다는 것을. 반복되는 하루하루를 묵묵히 지나가는 법 역시 콩심이를 통해 배웠다.

불안한 내 삶에 책임져야 할 생명이 끼어든다는 것은 어렵고 고된 일일 것 같았지만, 콩심이는 내게 사랑이자 선물이었다. 그 선물은 내가 지칠 때마다 힘을 내게 하는 마중물이 되어주었다. 사람에게 버림받았던 한 마리의 유기견과 세상 사람들과 단절하고 싶던 한 사람이 서로를 의지하며, 서로의 숨소리를 느끼며, 둘의 상처는 조금씩 치유되었다.

네 살이었던 콩심이는 이제 열세 살이 되었고, 그사이 내 눈가의 주름도 짙어졌다. 그리고 여전히 우리는 티격태격하며 누구보다 서로를 사랑하며 살아가고 있다.

인간은 본능적으로 자신의 목적을 위해 무언가를 이용하곤 한다. 나 또한 그랬다. 콩심이를 처음 데려올 때는 나의 우울증에 조금이나마 도움이 되기를 바랐다. 하지만 이내 그런 목적 따위는 아무렇지도 않게 되었다. 나는 강아지만 데려온 것이 아니라, 한 생명을 보호해야 하는 일종의 희생성과 책임감까지 함께 받은 셈이었다. 처음엔 두렵고 겁나던 마음이 행복으로 바뀌는 데는 많은 시간이 필요하지 않았다. 나는 콩심이로 인해 밝아졌고 나아졌다.

콩심이가 나의 식구가 되고 한 달이 좀 지난 어느 날, 효리 씨에게 연락이 왔다. 콩심이가 너무 보고 싶고 새 가족과 잘 지내는지 궁금하다기에, 우리 집으로 초대를 했다. 집에 온 그녀 손에는 두꺼운 겨자색 실로 한 땀 한 땀 직접 뜬 콩심이의 겨울 니트가 들려 있었다. 그런 효리 씨의 모습은 생명에 대한 사랑이 무엇인지 알게 해주기에 충분했다. 그녀 덕분에, 콩심이와 나는 10년 가까운 시간 동안 사랑을 주고받고 있다. 서로의 눈을 마주 보며 말이다.

나 자신과의 약속

나에게는 꼭 이루고 싶은 것이 있었다. 다른 사람들 눈에는 다소 시시해 보일 수도 있는 것이었지만, 나 자신과 10년 동안 한 약속이었다. 이 약속은 막막한 현실의 등불이 되어주었고, 고단한 생활 속에서 나를 지탱해주었다. 삶의 우여곡절이 찾아올 때마다 나는 이 혼자만의 약속을 떠올리며 힘든 시간을 이겨냈다.

나는 골목 귀퉁이 어딘가에 작은 식당을 내고 싶었다. 테이블은 많지 않아도 손님 한 분 한 분을 위해 정성껏 요리할 수 있는 곳을 만들고 싶었다. 그리고 내 마음을 담은 책 한 권을 꼭 출간하고 싶었다. 어떤 이에게는 별 볼 일 없는 인생일 수도 있겠지만, 누군가에게는 작은 위로가 될 수 있는 그런 글들을 써보고 싶었다.

작은 식당, 그리고 얇은 책 한 권. 이건 쉽지 않은 도전이었다. 무속 세계에서는 제자(무속인)가 다른 직업을 갖는 것을 허락하지 않는다. 하지만 내게 이 두 가지는 외면할 수 없는 꿈이었고, 이걸 이룬다면 무속인에 대한 선입견에서 조금이나마 자유로워질 것 같았다.

그 꿈을 하나씩 현실로 만들어보자는 결심이 섰을 때, 나는 하나의 원칙을 만들었다. 나무뿌리가 흔들리면 가지와 잎이 건강하지 못하니, 내 본업을 더 충실하게 하면서 새로운 꿈에 도전해야 한다는 것이었다. 하루하루 더 정성껏 기도를 올리며 새로운 일을 도모할 때, 내가 이루고 싶은 오랜 꿈들이 더 가치 있을 거라 믿었다. 이 다짐 덕분에 지치고 힘들 때도 내 본업을 조금 더 좋아할 수 있었고, 다른 일을 하면서도 무속인이라는 정체성을 놓지 않은 채 더 열심히 상담하고 기도할 수 있었다.

만 3년 전, 나는 드디어 '우카밥상'이라는 식당을 열었다. 오픈을 하루 앞둔 날, 왠지 잠이 오지 않았다. 이 꿈을 이루기까지 10년간 나 자신과 했던 다짐과 약속이 떠올라 가슴이 뿌듯했고 나도 모르게 눈물이 났다. 애초에 계획했던 10년은 최소한의 시간이었다. 무속인으로서 어느 정도 무르익기 위해서는 그 정도의 기간이 필요하다고 나름 판단했었다. 그런 이유로 그 세월을 간직하기만 했던 꿈이었다.

우카밥상은 주차 공간도 하나 없는 허름한 건물에 위치했다. 아주 좁은 계단을 올라가야 나오는 작은 곳이었지만, 나의 이중생활이 시작되는 멋진 장소였다. 가게를 찾아주는 손님들과 소소하게 일상을 나누고 싶어서 한가운데에 큼지막한 오픈 테이블을 만들었다. 나는 그곳에서 요리도 하고, 손님들과 대화도 나누고, 가볍게 술도 한잔할 수 있을 터였다.

우카밥상으로 처음 출근하던 날, 나는 그 어느 때보다도 열과 성을 다해 신령님 앞에 술을 한 잔 바치고 절을 올렸다. 현관문을 열고 가게를 향해 첫발을 떼던 순간, 그때가 아직도 선명하다. 유난히도 완벽한 날이었다.

첫날부터 우카밥상에는 손님이 몰려들었다. 빈자리가 없을 정도였다. 물론, 첫날의 성과는 사랑하는 친구들과 주변 지인들의 도움 덕분이었다. 다행히 그 후에도 많은 손님이 발걸음을 해주었다. 외국에서 왔다며 여행 가방을 끌고 공항에서 바로 가게로 찾아온 손님도 여럿 있었다. 지방에서 먼 길을 와준 손님도 있었다. 한 미국인 할머니는 혼자서 한국 여행 중인데, 손녀딸이 우카밥상을 추천하고 예약을 해줬다며 그 좁은 골목까지 찾아오기도 했다. 그 외에도 항상 말없이 뒤에서 응원해주시는 많은 분이 있었다. 참 행복한 시간이었다.

우카밥상은 SNS를 통해 더욱 인기를 얻었다. BTS, 강동원, 아이유, 공효진, 유아인, 정해인, 슈퍼주니어 등 당대 최고의 톱스타들도 찾는 가게가 되었고, 그 여세를 몰아 요리 한번 배운 적 없는 내가 공중파 요리 프로그램에도 출연하게 되었다. 모든 것이 감사했지만, 가게가 잘될수록 문제점이 하나둘 생기기 시작했다. 제일 큰 문제는 내가 신경 쓰고 관리해야 할 일들이 계속 늘어나다 보니, 의도치 않게 본업에 소홀해졌다는 것이다. 나는 강신무였다. 중심이 흔들린다는 건 있을 수 없는 일이었다. 나의 본업에 충실할 수 없다면, 빠르게 결정을 내려야 했다. 수개월의 고민 끝에 우카밥상은 만 3년의 영업을 끝으로 문을 닫았고, 나는 다시 본업으로 돌아왔다. 이 결정을 단 한 번도 후회해본 적이 없다.

모두가 그렇겠지만, 나 역시 현실의 벽 앞에서 좌절한 적이 수도 없이 많았다. 더는 앞으로 나아갈 수 없을 것 같았고, 캄캄한 현실에 주저앉고 싶었다. 넘지 못할 것 같던 한계의 벽을 만날 때도 있었다. 그럴 때면 디딤돌이 필요했다. 이 디딤돌은 특별한 것이 아니었다. 바로, 내가 꼭 이루고 싶은 미래의 약속들을 수시로 현재의 가슴에 초대하는 것이었다. 나는 스스로와의 약속이 이루어지는 순간을 끊임없이 상상했다. 그러다 보면 눈앞의 한계를 이겨낼 수 있게 하는 디딤돌이 만들어졌다. 힘든 날도 많았지만, 돌이켜보면 그때마다 나 자신과 새로운 약속을 하나씩 만들었던 것 같다. 그 약속들은 나를 일으켜 세우기도 했고, 지친 하루를 살아갈 버팀목이 되어주기도 했다. 물론 이 책도 그중 하나다.

누구나 일평생 행복하기를 바란다. 하지만 온전하게 행복하기만 한 삶은 그 어디에도 없다. 아픈 조각들과 행복한 조각들이 삶이라는 퍼즐 판 위에 자리 잡아갈 때, 우리의 인생은 견고해지고 빛이 난다. 때로는 현실이라는 차가운 벽에 부딪히기도 하겠지만, 내 다짐이 담긴 약속만 단단하다면 그 순간 자신조차 몰랐던 능력이 발휘될 것이고, 자기의 가치를 스스로 믿게 될 것이다. 내 경험으로 말하건대, 꼭 이루고자 하는 용기만 있다면 그것을 이용해 숨겨진 더 강한 자신을 찾아낼 수 있다. 우리는 모두 꿈 하나쯤은 가슴에 품고 있지 않은가. 그것을 이루기 위해서는 꿈을 좇는 흉내만 내지 말고 진짜 내 것으로 만들어야 한다. 일반적인 다짐만 하는 인생에는 답이 없다. 당장 해야 할 일은 오직 행동뿐이다.

나는
당신이 보지 못하는 것을
보는 사람입니다

초판 1쇄 인쇄 2022년 2월 3일
초판 1쇄 발행 2022년 2월 16일

지은이 우카
펴낸이 김화정

책임편집 이소중
디자인 강경신
인쇄 미래피앤피

펴낸곳 mal.lang **출판등록** 2015년 11월 23일 제25100-2015-000087호
주소 서울시 중랑구 중랑천로 14길 58, 1517호
전화 02-6356-6050 **팩스** 02-6455-6050 **이메일** ml.thebook@gmail.com